Harald V. Bergander

Die Ballade
der beiden Freunde
Lederbengel Tom
&
Handschellen Jig

Roman

Herstellung und Verlag:
BoD – Books on Demand, Norderstedt

ISBN   **978-3-8423-5787-7**

Gewidmet meiner lieben Sabine

Ohne sie wäre dieses Buch nicht entstanden

[spanisch] *llama* = die Flamme, die Leidenschaft

Diese Geschichte, deren Rahmenhandlung auf einem wahren Kern beruht, wurde unter dem Arbeitstitel *Freak in der Falle* in 31 wöchentlichen Fortsetzungen zunächst in einem Internet-Forum veröffentlicht. Für einen Autor kann es reizvoll sein, sich von Folge zu Folge vorzutasten, ohne zu wissen, was die Helden noch alles anstellen werden und wie sie mit den Gestalten um sich herum zurechtkommen. Im Forum verschwand mit jeder weiteren Lieferung in der vorangehenden der Überarbeitungs-Button. Fehler im Plot, standen sie denn einmal da, gaben der Phantasie harte Nüsse zu knacken.

In der deutschen Romantik gibt es Beispiele für solch unbekümmertes Fortschreiben. Clemens Brentano läßt in *Godwi oder Das steinerne Bild der Mutter* seinen Ich-Erzähler den Protagonisten aufsuchen, um Ungereimtheiten in dessen Leben nachzugehen. Brentano selbst bezeichnete sein Werk als *verwilderten Roman*, gewissermaßen ein Freibrief für die höchst kontroverse Aufnahme bei den Rezensenten. Friedrich Schlegel schrieb in das ihm vom Autor gewidmete Exemplar: „Hundert Prügel vorn Arsch, die wären Dir redlich zu gönnen."

Für die Veröffentlichung als Buch wurde die Urfassung gründlich durchgesehen und überarbeitet.

Alle meine Bücher sind ohne jegliche institutionelle Unterstützung oder sonstige Förderung geschrieben und verlegt worden

Vorbemerkung

Diese Story richtet sich an jene, die in den fünfziger Jahren selbst an der Schwelle zur Pubertät standen, und an alle, die von ihren Eltern auf die friedvollen zwei Jahrzehnte nach den verheerenden Weltkriegen neugierig gemacht wurden. Kinder sind sich des Paradieses, in dem sie spielen, in keiner Epoche bewußt. Großer Abstand und der Blick zurück ermöglichen eine halbwegs verläßliche Wertung. Von individuellen Erlebnissen begleitet, wird sie höchst verschieden ausfallen. Jene Zeit war von großer Freiheit und Selbständigkeit der Kids geprägt. Auf Seite der Eltern bestand lockere Aufsicht, darauf bauend, ihre Sprößlinge würden sich im durch Moral und Vernunft vorgegebenen Rahmen bewegen. Übertretungen wurden mit Ohrfeigen oder dem Rohrstock geahndet, in der Schule wie daheim.

Heute ist es weder besser noch schlechter, dem Zahn der Zeit folgend eben anders. Einst vielseitig verwendbarer Kram in Hosentaschen ist durch einen Mini-Computer ersetzt, der jeden erdenklichen Gegenstand mit ein paar Klicks aus den Weiten des Internets virtuell heranschafft. Womit die Rolle der Phantasie als Vorbedingung jeglicher spielerischer und kreativer Tätigkeit arg zusammengestrichen wird. Darüber hinaus ist die Unbefangenheit ungestümer körperlicher Annäherung, typischer Ausdruck kindlichen und jugendlichen Umgangs, derzeit belastet. Bereits Achtjährige beschimpfen sich gegenseitig mit Wörtern wie *schwul*. Und ein Lehrer läuft Gefahr, sich vor dem Gesetz verantworten zu müssen, greift er einem Schüler, sei es nur als Ausdruck spontanen Lobes, auf die Schulter. So scheint es fast, daß Kids und Teens gegenwärtig in ihrer freien Entfaltung durch Überregulierung und ein Zuviel an Behütung eher behindert als gefördert werden.

„Was? Mitten in der Woche?" Der Chefin war es nicht recht. Jig wollte an einem Donnerstag frei haben.

„Ich hole es am Sonntag nach. Montag früh ist die Arbeit fertig. So oder so."

„Jig, Sie wissen, daß Ihnen Urlaub erst nach einem halben Jahr zusteht!?"

„Ich will keinen Urlaub, Señora. Nur einen Arbeitstag tauschen. Die Materie ist neu für mich. Sonntags ist kein Kundenverkehr. Da habe ich viel mehr Ruhe zum Arbeiten."

Am Wochenende, malte Jig sich aus, hätte er in den Bergen null Ruhe vor zahllosen Familien, die mit Kind und Kegel überallhin ausschwärmten.

Selma besaß den Zuschnitt einer Walküre und das markante Gesicht eines Filmstars der dreißiger Jahre. Mit Jig hatte sie sich auf Anhieb gut verstanden. Er schätzte ihre lässige Art. Sie schätzte seine norddeutsche Anständigkeit und sein kindliches Erstaunen über alles Unbekannte in dem für ihn unbegreiflich fremden Land. Natürlich bekam er frei.

Mittwoch nahm er in Madrid-Atocha den letzten Zug nach Robledo. Aß mäßig und trank weniger Wein als gewöhnlich. Schlief in der Fonda nahe des Bahnhofs.

Am nächsten Morgen nach dem Frühstück ging es in die Wälder. Bald begegnete ihm niemand mehr. Zeit, sich einzustimmen. Er zog die spanischen Handschellen mit dem eigenwilligen Namen *Llama* aus der Hosentasche. Silbrig schimmerten und blitzten sie im Sonnenlicht. Erregt schnaufend drückte er die Bügel auf, nahm die Arme hinter den Rücken und legte sich die Fesseln an. Sie waren kleiner geformt als Toms Bundeswehrmodell und umspannten die Handgelenke hauteng, als wären sie nach Maß angefertigt. Die zusammengeketteten Hände über Po und Hüften schieben und über die Beine nach vorn zu bringen, hatte er vergeblich versucht. Ellbogen und Schultern protestierten dabei mit stechendem Schmerz. Aber sich zu befreien, auch mit den Händen hinten, dauerte nur Sekunden. Das hatte er wie ein Entfesselungskünstler trainiert. Je ein Schlüssel steckte dafür in den Gesäßtaschen seiner Levi's Jeans.

Wohlan, Freak, bergaufwärts! Vor der senkrecht stehenden Junisonne schützten ihn das langärmelige Hemd und ein Strohhut. Es war ein herrlicher Tag. Blendend weiße Haufenwolken winkten ihm einladend zu.

Er konnte zwischen Pinien und Steineichen wählen, Bäumen mit rissiger Rinde. German Boy, im Nibelungenstil auf Ursprüngliches aus, wählt die Verwandte der deutschen Eiche. Plumpst hin. Löst die Handschellen. Schöpft Atem nach dem steilen Aufstieg. Geht das Vorhaben nochmals durch. Steht wieder auf. Mustert den Boden. Zwischen Gras und Kräutern keine Ameisen und keine in der Nähe. Nichts krabbelt den Baum hinauf.

„Also los! Setz dich nieder, Jiggy! Solange du es aushältst! Arme nach hinten! Um den dicken Stamm herum. Ist genügend Spielraum? Ja. Kommst du an die Schlösser ran? Locker. In jedem steckt der Schlüssel. Bist abgesichert. Nichts Schräges zu erwarten. Kannst gelassen die Patschen abliefern. Zuerst die linke Hand..." Ratsch!

„He, was zögerst du?" fragte die andere Schelle. „Ist kein Mut übrig für die Rechte?"

„Mut ja. Aber kann man euch trauen? Geht ihr erst heute abend wieder auf?"

„Quatsch! Dem Schlüssel gehorchen wir aufs Wort. Gehört zu unseren Pflichten. So wie dich auf Nummer sicher einzusperren. Sobald Einsperren angesagt ist. Für welche Zeitspanne auch immer."

Ratsch...! Jig schloß die Augen. Was es doch jedesmal für ein sonderbar brennendes Gefühl war, so unverrückbar dazusitzen! Schon als Kind hatte er es irgendwie gern gehabt. In süßsauer. „Mußt dich wehren!" sagten die Kameraden. Wenn er es reglos zugelassen hatte, daß jemand ihn nach allen Regeln der Kunst an einen Baum band. „Ein waschechter Junge wehrt sich", wurde er belehrt. „Läßt sich nicht fesseln. Schlägt um sich, daß die Fetzen fliegen. Bist jetzt vollkommen hilflos. Denk gründlich drüber nach! Hast satt Zeit dafür. Liegt nämlich ganz bei uns, ob du heute noch losgemacht wirst."

Hier in der Sierra de Ávila war er nicht hilflos und mußte nicht erst austüfteln, wie er wieder freikam. Die Sitzung konnte er beenden, wann er wollte. „Nun streck auch die Beine lang aus, Jiggy!" wisperten seine Wächter. „Entspann dich! Genieß es! Du darfst träumen."

„Okay", willigte er ein. „Warum nicht am hellen Tag träumen, Jiggy? Nichts spricht dagegen, die Dinger noch enger zu stellen." Klick, klick. „Mann, ist das edel! Die Arme fast unbeweglich um den Baumstamm geschlungen. Fühlt sich super an. Wie in alten Zeiten mit Tom..."

2

Im Alter von dreizehn Jahren hatte Jig einen Jungen aus seiner Klasse förmlich angebetet. Wie er war er ein Einzelgänger und verabscheute lärmendes Tun in der Gruppe. Jigs mündliches Freundschaftsbegehren wurde wortlos mit spöttischem Lächeln beantwortet. Es wirkte wie die kalte Dusche der Ablehnung.

Zwei Tage später bekamen nur die beiden für ein schwieriges Diktat die Note Eins. Tom schob Jig im Vorübergehen einen Zettel zu. „Falls du genügend Mumm hast, Elge, sei um drei am Hexenteich."

Verblüfft starrte Jig ihm nach. Mumm für was? Tom rempelte gerade einen anderen Jungen ruppig zur Seite. Nur weil er ihm im Weg stand. Mumm, um verprügelt zu werden?

Der Hexenteich lag oberhalb der Stadt im Bergwald. Im Mittelalter hatte man dort Steine gebrochen. Dadurch war ein tiefer Teich entstanden. Zum Schwimmen nicht ohne Tücken. Schlingpflanzen lauerten im Wasser. Es hieß, ein nacktes Mädchen mit Fischschwanz lebe darin, klammere sich bevorzugt an Jungenfüße. Geschähe das, werde man in die Tiefe gezogen und müsse unweigerlich ertrinken. Im zwanzigsten Jahrhundert hatte noch niemand die Wassernymphe gesehen. Nicht einmal in Vollmondnächten. Wenn sie nach alter Überlieferung den Teich verließ, im Wald lustwandelte, nach Liebespaaren Ausschau hielt, die sie, auf ihrer Flöte spielend, in ihren feuchten Palast einlud.

Tom wartete schon. Als sie sich die Hand gaben, verdrehte er Jig flugs den Arm, warf ihn zu Boden und nahm rittlings auf ihm Platz. „Kleiner, zweifellos hast du Mumm. Hast du auch davon gehört, was ich mit Gefangenen anstelle?"

Jig nickte stumm. Ohne ein blau geschlagenes Auge kam keiner davon, der sich mit Tom anlegte. Ein blaues Auge konnte er verschmerzen, würde auf diese Weise seinen Klassenkameraden kundgetan, daß er furchtlos einen Stärkeren herausgefordert hatte.

„Ha, Elge, da wird dir mulmig, wie? Erklär mir mal, was du dir unter Freundschaft vorstellst!"

„Äh – ich weiß es nicht." Jig fragte sich, ob Freundschaft sein Los ändern könnte. Toms Knie drückten seine Oberarme in den weichen Waldboden. Unbehaglich betrachtete er die kräftigen Schenkel, die aus einer kurzen Lederhose ragten. Von Tom wußte man, daß er Handschellen besaß. Echte zum Festnehmen, wie sie in Fox' Tönender Wochenschau im Kino zu sehen waren. Gleich würde er sie aus der Tasche ziehen und ihm anlegen. Um ihn für die nasse Folter vorzubereiten. Tom würde ihn wieder und wieder mit dem Kopf unter Wasser halten, bis ihm vor Atemnot schwindlig wurde.

„Ach, Elge, das weißt du gar nicht!?" Belustigt kassierte Tom Jigs furchtsame Blicke. „Dann fangen wir's doch anders an. Schätze mal, du magst mich. Traust dich bloß nicht, es laut zu sagen."

Jenseits blau geschlagener Augen mochte jeder Tom. Er war von oben bis unten hübsch anzusehen. Hatte mächtig Kraft. Dieses As im Sport verkörperte, wie man sich in den fünfziger Jahren einen echten deutschen Jungen vorstellte. Überdies war er ritterlich. Er hörte stets zu, ohne einen zu unterbrechen.

„Ähm – klar mag ich dich. Sonst wär' ich ja nicht gekommen."

„Und jetzt bist du hier. Ich hab' dich ganz in meiner Gewalt. Ist dir das klar?"

„Hast du nicht. Mein Geist ist frei. Wie das Rotkehlchen dort im Haselbusch." Jig gelang es, die Hand so weit zu heben, um auf den Vogel zu deuten.

„Pah, was nützt dir dein freier Geist, wenn du mir unterworfen bist." Überraschend löste Tom die Knie von Jigs gepeinigten Armen und verschränkte die eigenen. „Kann mir ja denken, was du eigentlich von mir willst. Seit längerer Zeit. Ich soll dich vor denen schützen, die dich ständig hänseln."

Jig fühlte sich durchschaut. Ihm saß ein Kloß in der Kehle. Nur nicht heulen. Dann wäre alles versaut. Auf ewig und drei Tage.

„Jiggy..." Überraschend nannte Tom ihn nicht beim

Familiennamen. Was unter Schuljungen üblich war, die sich nicht näher kannten. Er benutzte sogar die Verkleinerungsform des Vornamens. „Was bietest *du mir?*"

Jig schluckte. Ihm fiel ein Stein vom Herzen. Man kam voran. „Phantasie", rief er kühn.

„Phan-ta-sie..." Tom legte den Kopf in den Nacken und musterte den wolkenlosen Himmel. „Tja, könnte interessant werden. Du bist ja in Deutsch noch besser als ich. Bin fast neidisch drauf." Er ließ vollends von Jig ab, stand auf und zog ihn hoch. „Aber nicht nur Geist zählt. Eine kleine Probe körperlicher Art solltest du schon bestehen. Um herauszufinden, ob wir auch über gutgeschriebene Aufsätze hinaus zueinander passen. Mir kann einer seine Zuneigung beweisen, indem er sich von mir wehrlos machen läßt."

Jig erwog, sich loszureißen und zu flüchten, solange er noch konnte. Bevor die Eisen zuschnappten. Dann sah er seine nackten Füße und Toms Turnschuhe. Er biß sich auf die Lippen. Es richtete sich nun gegen ihn, im Wald gern barfuß zu laufen. Tom würde ihn auf festen Sohlen nach wenigen Metern einholen. Gewißlich bestrafte er Flucht mit strengstem Einkerkern.

Raufen und Fesseln – ein kleiner, aber bedeutungsvoller Teil seiner schönen Kindheit. Jeden Tag draußen spielen. In den Hofwiesen des Fürsten. An dessen Fischteichen. Doch am liebsten im Wald. Im Sommer wie im Winter. Seit dem Studium mußte er die ganze Woche in muffigen Räumen hocken. Den freien Nachmittag verschlang das notwendige Drumherum. Zum Glück kümmerte sich seine Wirtin um das Zimmer und die Kleidung. So konnte er sonntags ins Grüne fahren. Per Bahn in überfüllten Waggons. Wie die meisten Madrileños besaß er kein eigenes Fahrzeug.

Plötzlich zuckte sein rechter Arm gewaltig wie unter einem Stromschlag. Irgend etwas hatte ihn gestochen. Heftiger Schmerz fuhr bis in die Hand. Hinsehen konnte er nicht. Eine Hornisse? Ein giftiger Tausendfüßler? Er kontrollierte ratlos die aneinandergeketteten Arme. In der rechten Hand prickelte es, Vorbote von Taubheit.

Mit der Linken tastete er nach dem Schlüssel in der rechten Schelle. Er war weg. Rausgefallen! An das linke Schloß käme er mit den Fingern seiner Linken trotz aller Gelenkigkeit nicht heran. Zumal der Schlüssel auf der dem Körper zugewandten Seite steckte.

Nur keine Panik. Ruhig Blut beweisen! Der herausgerutschte Schlüssel mußte unter der rechten Hand am Boden liegen. Sogleich würde er ihn finden. Vorsichtig tastete er den Waldboden ab. Alles Mögliche befühlte er. Kleine Aststückchen, trockene Blätter, verschrumpelte Eicheln. Schlüssel war keiner da. Teufel auch! Ihm schwante, der konnte weggeschleudert worden sein. Beide Arme hatte es durch den Schmerz verrissen. Wie bei einem Hampelmann an Bindfäden. Verdattert rückte er sich zurecht. Überschlug die verbliebenen Chancen zur Befreiung. Ohne den rechten Arm lief gar nichts. Der war mittlerweile gefühllos.

Die Ausbruchsicherheit von Handschellen schätzte Jig realistisch ein. Daran zu zerren war unsinnig. Dem Nibelungen-Boy dämmerte, er habe das Schicksal in seiner Blauäugigkeit herausgefordert. Dämonen hielten ihn in ihren Klauen. Auf diese Weise gelähmt hatten sie ihn schon einmal. Im Mittelmeer vor Alicante. In unruhiger See war er zu weit rausgeschwommen. Draußen ein Biß in die Kniekehle, wahrscheinlich von einer Seespinne. War mühselig gewesen, im biestigen Wellengang zurückzugelangen. Völlig ausgepumpt hatte er hernach im warmen Sand gelegen. Erst nach einem Tag war das

Im Nu hatte er Jigs Hände hinter dem Stamm übereinandergelegt und verschnürt. Dann kniete er vor ihm und schob die Beine zum Schneidersitz zurecht. Mit dem Gürtel, den er aus dem Bund seiner Lederhose zog, schnallte er Jigs Füße über Kreuz zusammen.

„Wozu denn das? Kann doch sowieso nicht weglaufen!" Jig wurde es etwas bänglich zumute. Gehörten etwa ein paar schallende Ohrfeigen zum Aufnahmeritual gegenseitiger Verbundenheit?

Tom lachte. „Nee! Abhauen ist vorbei. Kannst dich gar nicht mehr rühren! Könnt' jetzt alles mit dir anstellen. Paßt gut zu dir, Jig Elge, wie du wehrlos dasitzt."

„Wie meinst du das?"

„Wie ich das meine? Ich hatte Jungs am Baum, die haben sich vor Angst in die Hosen gemacht. Jämmerliche Waschlappen aus unserer Parallelklasse. Du beweist Stärke. Bist furchtlos. Du gefällst mir." Tom blickte Jig verschmitzt an. „Wann gibt's bei euch Abendbrot?"

„Halb sieben." Jig versuchte die Beine auszustrekken. Der lederne Gürtel vereitelte es knarrend, schnitt warnend in die Knöchel. „Bis dahin soll ich schmoren?"

„I wo! Ich bind' dich los, wann du willst. Damit hättest du's freilich verbimst. Wenn du bis sechs durchhältst, hast du die Probe bestanden."

„Hast ja gar keine Uhr!" Jig schloß die Augen. Weh tat ihm nichts. Gewitter war keins zu erwarten, Blitze, die ihn zerschmettern würden. Im Grunde konnte er es bis Mitternacht aushalten.

„Seh' ich an der Sonne, wie spät es ist." Tom stand auf und spuckte in hohem Bogen in die Brennesseln. „Ich mach' einen Rundgang. Bleibe aber in der Nähe. Jedenfalls kann dir nichts passieren."

Jig spürte ein beunruhigendes, sonderbar wirbelndes Gefühl zwischen den Beinen. Kam öfters vor in letzter

Zeit. Als wenn er pissen müßte. „Pah! Ich werde mich selber befreien."

Tom zwängte sich bereits durchs dichte Gebüsch. „So? Alle Phantasie der Welt hilft dir da nicht raus! Den Riemen hab' ich gestern abend erst geschnitten. Das frische Leder ist so arg verschlungen – hoffentlich krieg' *ich* es wieder auf. Hab' kein Taschenmesser dabei."

„Und wenn ich pissen muß?"

Tom grinste. „Dann halte durch. Oder laß es laufen. Soviel sollte dir meine Kameradschaft schon wert sein."

Jig lauschte auf den schwachen Wind in den Pinien. Er kniff die Augen zusammen. Hatte er je pissen müssen, so an einen Baum gebunden? Nicht bei Tom. Später unter Yerais Fuchtel. Der Satansbraten hatte ihm zuerst das Phänomen mit dem osmotischen Druck erklärt. Dann zum Beweis kaltes Atlantikwasser in die Hose gegossen. Akkurat vom Nabel abwärts. Gehorsam hatte die Blase sich entleert. Der Kerl hatte vor Vergnügen einen Purzelbaum geschlagen. „Jungen wie du, die noch nicht trocken hinter den Ohren sind, kriegen schnell mal feuchte Beine. Mein Kleiner!"

Nicht selten hatten Stärkere ihn *mein Kleiner* genannt. Das war in Ordnung, wenn einer wie Tom ihn um einige Zentimeter überragte und ein paar Monate älter war. Bei dem um zwei Jahre jüngeren Yerai hatte er es sich energisch verbeten. Mit dem niederschmetternden Ergebnis, ausgelacht zu werden. „Die stärkeren Arme zählen. Den Wortschmus kannst du dir ins Haar schmieren."

„Was ist denn nun?" fragten die Geschwister *Llama* scheinheilig. „Kleiner, willst du den lieben langen Tag hier rumsitzen und Maulaffen feilhalten?"

Im rechten Arm prickelte es warm und beruhigend.

Die Nerven nahmen ihre Arbeit wieder auf. Jig tastete sich zur linken Handschelle vor. Auch dort steckte der Schlüssel nicht mehr. Bestürzt murmelte er vor sich hin: „Auweia! Das nennt man super schief gelaufen."

So weit der Radius der Hände reichte, suchte er den Waldboden ab. Nichts! Er war sich im klaren, blind tastete er womöglich ständig an der Stelle vorbei, wo der Schlüssel lag. Erschöpft lehnte er sich zurück. Die Polizeihandschellen hatte er zu sehr als Spielzeug betrachtet. Da sie niedlich aussahen, harmlos glänzten und mit einer halben Schlüsseldrehung geradezu preußisch zuverlässig aufschwangen. In Wirklichkeit waren es kleine Monster, denen er gestattete, seine Arme um den Baum herum lahmzulegen. Die Muskeln spielen zu lassen, wäre sinnlos. Setzte er alle Kraft mit einem Ruck ein, brächen möglicherweise seine schmalen Gelenke, ohne daß die mit zwei Kettengliedern verbundenen Metallbügel nur einen Millimeter nachgaben.

Er spürte, wie er willenlos zitterte. Gab es irgendeine Möglichkeit, sein Los zu wenden? Die Lage schien hoffnungslos. An die Steineiche gekettet, blieb ohne Schlüssel gegen die ausgetüftelte Ingenieurskunst genieteten Stahls nicht die geringste Chance.

Auch der Baum war schuld. Der zweite Schurke im Bunde, der den Bewegungsspielraum der Arme auf ein Minimum reduzierte. Aus Toms Haft hatte er, die dünnen Riemen durch geduldiges Drehen der Gelenke und beharrliche Fingerarbeit lockernd, manchmal ausbüchsen können. Sogar mit den Händen hinter dem Rücken. Jedoch niemals, war er zum Verweilen an seinem Buchenmädchen verdonnert worden.

Jig wartete, bis von Tom nichts mehr zu hören war. Für die Füße konnte er gar nichts tun. Bei der geringsten

Bewegung offenbarte der Gürtel seine Stärke und drückte in die Knöchel. Er tastete die Hände ab, so weit er herankam. Die Finger vermochten keine Windung des Riemens, der die Gelenke zusammenhielt, anzuheben. In der Hosentasche steckte das kleine Schweizer Messer. Da kam er nicht hin, und damit zu hantieren, wäre nahe der Pulsadern gefährlich. Die Bindung war so straff, daß er die Hände auch nicht drehen konnte. Als er es mit aller Kraft versuchte, kerbte das dünne Leder wie Eisendraht schmerzhaft die Haut ein. Besser stillsitzen. Auf Tom warten. Sonst würde er am nächsten Morgen mit tomatenroten Striemen in der Schulbank hocken.

„O là là, Elge! Was ist denn mit deinen Handgelenken passiert?"

„Gar nichts."

„So...? Das sieht irgendwie ganz anders aus als nach gar nichts."

„Na ja. Wird von den Freundschaftsbändern sein. Die hatte ich zu stramm geknüpft."

„Ach nee wirklich! Zu stramme Freundschaftsbänder...? Heh, alle mal herhören! Den Elge hat gestern jemand in die Pfanne gehauen. Dürften wir wohl erfahren, wer dir die Freundschaftsbänder verpaßt hat?"

Jungs in der Meute ließen nicht locker. Zunächst würde man ihm den Arm verdrehen. Schwiege er weiter verstockt, drohte Schwitzkasten, bis die Sinne schwanden. So weit ließ er es nie kommen, verstand er doch meisterhaft, plausibel zu lügen.

Die Abendsonne blinzelte Jig durchs Geäst ins Gesicht, als Tom zurückkam. Herzhaft gähnend. Offenbar hatte des Kürschners Sohn sich eine Weile aufs Ohr gelegt und war eingeschlafen. In seinen Haaren hing wippend ein Grashalm. An der Lederhose klebten Kletten.

„Na, Jiggy? Ist wohl nicht so ganz nach Plan gelaufen?! Das Abhauen."

„Pah! Hätt' ja können. Wollte aber kein Spielverderber sein. Deshalb hab' ich ausgeharrt."

„Schwindler!" Tom lächelte amüsiert und schob die Hände in die Hosentaschen. Jig, den er bisher nicht so recht wahrgenommen hatte, begann ihm mächtig zu gefallen. Er kannte die Mitschüler von Geländespielen zur Genüge. Keiner würde sich so widerstandslos verpacken lassen wie Jig. Jeden einzelnen konnte er hören: „Mach mich sofort los! Oder ich sag's meinem Vater!"

„Hätt' ja dann nicht gegolten, Tom."

„Du bist härter, als ich dachte. Ich dachte, du wärst nur ein blutleerer Einsenschreiber." Tom kniete sich hin und befreite Jig vom Gürtel, der die Füße über Kreuz hielt. „Hat dir was weh getan?"

„Nein. Könnten wir jetzt Freunde sein?"

„Klar." Tom machte sich an Jigs Händen zu schaffen. Es dauerte eine Weile, bis er die Schlingen gelöst hatte. „Komm, steh auf, Jiggy! Frisch gebackene Freunde sollten sich auf Augenhöhe die Hand reichen."

Jigs Beine waren durch die starre Position wie gelähmt. Schwankend erhob er sich. Tom merkte es und griff ihm stützend unter die Achseln. „Krieg' ich wieder die Arme verdreht?" fragte Jig argwöhnisch.

„Hör schon auf!"

Schweigend streckten sie sich die Hände entgegen und schlugen ein. Beide schniefen verlegen. Zeuge des Rituals war ein Eichhörnchen. Es putzte sich auf einem Ast über ihnen die Pfoten. Nun schlang Tom den Riemen mehrfach um Jigs rechte und seine linke Hand. „So gehen wir nach Hause. Damit wird unser Bündnis besiegelt", erklärte er.

Jig war selig. Er hätte alles mit sich geschehen lassen. Hätte niemals gedacht, den begehrenswerten Tom so schnell für sich zu gewinnen.

Die Jungen trabten den breiten Waldweg hinab, in das Abenteuer dieses Nachmittags versunken. Bis Tom sagte: „Falls es dir nicht zuwider war – darf ich dich öfters mal binden?"

„Ähm – warum nicht?" Jig hätte Tom am liebsten umarmt. Nur war das im Moment nicht praktikabel. „Ich zeig' dir dann, wie man aus so was rausrutscht."

„Aus meinen Riemen entkommt niemand."

„Und wenn doch?" Jig puffte Tom mutig in die Rippen. „Läßt du dich zur Abwechslung auf meine Art gefangennehmen?"

„Hach – auf deine Art? Wie ist das?"

3

Auf deine Art... Seine Art hatte ihn hier idiotisch in die Falle geritten!

Jig schloß erschöpft die Augen und lehnte den Kopf an die Steineiche. In bezug auf Reiß- und Bruchfestigkeit konnten solide Riemen mit Handschellen gleichziehen. Selbstbefreiung aus dem einen wie dem andern war, technisch betrachtet, ein weites Feld, bewachsen mit einer Vielzahl Variablen, aber wenigen Konstanten. Von Sachkundigen höchst widersprüchlich dargestellt.

Toms schmale Lederbänder hatten sie systematisch untersucht. Um die zehn Kilo Gewicht hielten sie locker aus, ohne zu reißen. „Bei acht Windungen um deine Gelenke müßtest du einen Zug von hundert Kilo ausüben, um den Riemen zu sprengen. Das wäre so, als wolltest du mit einem Arm zwei Sack Steinkohle heben. Mein Vater sagt, es addiere sich noch anders. Er prüft so was mit einem Meßgerät. Ein acht mal breiterer Riemen hält weit mehr aus als die achtfache Krafteinwirkung."

Jig wußte nicht, was Handschellen aushielten. Auf dem Jahrmarkt im Herbst wurden Expander aus dicken stählernen Spiralen aufgebaut, verbunden mit einer Skala, die anzeigte, welchen Zug besonders kräftige Männer schafften. Solche Ergebnisse würde man einbeziehen, um Form und Materialstärke der Ketten für Sträflinge zu konstruieren. Ketten, die nicht einmal ein Hüne wie Eisenhans sprengen konnte.

Er befürchtete, seine Arme würden durch die unnatürliche Zerrung allmählich steif. Viel Zeit blieb vermutlich nicht, das Blättchen zu wenden. Er mußte handeln. Sich hundertachtzig Grad um den Stamm herumschieben, damit er die Schlüssel finden konnte. Leichter gedacht als getan. Seine schmalen Lenden schienen auf einmal das doppelte Gewicht zu haben. Da die Hände wie welkes Laub herabhingen, hatten die Füße die gesamte Arbeit zu leisten. Gottlob hatte er darauf verzichtet, sie mit dem Riemen, der in der Hosentasche steckte, nach Toms Rezept über Kreuz zusammenzulegen. Dann wäre in der Tat alles aus gewesen.

Es wurde eine beschwerliche Reise. Irgendwo hatte der Baumstamm in Höhe seiner Ellbogen eine Verdikkung ausgebildet. Die Arme tiefer zu halten, brachte nichts. Ein Stück weiter oben ging es nicht ohne scharfe Schmerzen in den Schultern ab, aber so schaffte er es, die Klippe zu umschiffen. Ein paarmal den Hintern heben, dann war das gelobte Land erreicht.

Jig lauschte auf die Klänge des Waldes. Vogelgezwitscher. Weit weg hämmerte ein Specht. Die *Llama* kicherten boshaft: „Das haste davon! Brätst morgen noch im eigenen Saft. Kannste einen drauf lassen." Seinen Humor hatte er nicht verloren. „Seid nicht so ordinär! Oder ihr dürft das nächste Mal nicht mit."

Einen Schlüssel entdeckte er vor seinen Füßen. Zum Glück war er den ganzen Weg im Wald barfuß gelaufen. Sonst gäbe es das Problem, erst mal die engen Turnschuhe abzustreifen. Vorsichtig spielten die Zehen Pinzette und legten den Schlüssel einige Zentimeter vom Stamm entfernt ab, wo die Hände bestimmt hinlangen konnten. Und der zweite? So genau er Stück für Stück des Waldbodens inspizierte – kein blitzendes Metall zu sehen! In die Rinde am Stamm gehüpft? Jig legte den Kopf in den Nacken. Der kahle Wipfel bewegte sich unmerklich in der flauen Mittagsbrise. Die Sonne blendete. Falls der Schlüssel über ihm steckte, würde er ihn nicht erkennen.

Er wollte sich schon mit einem Öffner zufrieden geben, da entdeckte er den zweiten Ausreißer doch noch. Er hing in niedriger Höhe am abgestorbenen Astende eines Lavendelstrauchs. Fürwahr ein toller Hüpfer! Kaum außerhalb der Reichweite seiner Füße. Ein Stückchen vorrobben, auch wenn die Arme wieder aufbegehrten, den Fuß vorsichtig nähern, damit der Zweig den Schlüssel nicht etwa weiterkatapultierte, und schnapp – gelungen! Als er den Schlüssel neben dem anderen ablegte, bekam er durch die grotesken Winkel, die Fuß, Knie und Schenkel herstellen mußten, einen Wadenkrampf. Der minutenlang in anderer Weise lähmte.

Auf der Rückreise stoppten die Arme massiver als zuvor an der Verdickung des Stammes. Wie störrische Maulesel: Bis hierhin und nicht weiter. Neunzig Grad waren geschafft. Wie er die Arme auch hob oder senkte, greller Schmerz bedeutete rotes Licht für die fehlenden neunzig Grad. Er probierte nochmals, ob die Schellen nicht über Elle und Speiche weiter hinunterzuschieben seien. Nein, aussichtslos! Die Vorsichtsmaßnahme, den empfindlichen Nervenbahnen an der Handwurzel nicht zu nahe zu kommen, wurde nun zum Bumerang.

Eine Woge von Selbstmitleid überrollte ihn. Gib auf, Junge! Selbst wenn du die restliche Vierteldrehung irgendwann schaffst, deine Hände machen doch gar nicht mehr mit! Glaubst du im Ernst, die Finger könnten noch was greifen? Oder einen Schlüssel vom Chitinpanzer eines weiteren Tausendfüßlers unterscheiden, ausgesandt von derselben Familie, dir mit seinem Giftbiß den Garaus zu machen?

Jig schloß die Augen und ließ den Kopf hängen. Aus seinem Vorhaben war jegliche Poesie und aller Zauber gewichen. Er war gnadenlos an der Steineiche eingekerkert. Und konnte nichts mehr dagegen unternehmen. Gerade noch mit den Beinen strampeln. Würde verteufelt ungemütlich werden, bis ihn jemand fand. Falls ihn jemand finden würde.

„¡Socorro!" schrie er. „¡Socorro!"

Entmutigt hielt er inne. Niemand würde ihn hören! Er hatte es sich selbst zuzuschreiben. Weil er mutterseelenallein war. Derart unberechenbare Spielchen durfte man solo nicht abziehen. Weit weg von menschlicher Nähe. Er saß unentrinnbar in der Patsche.

In den Bücherregalen seiner Eltern stand eine bebilderte Ausgabe der Grimmschen Märchen. Jig schätzte sie sehr. Wie Tom, der *Hans im Glück* nicht nur sinngemäß nacherzählen konnte, sondern Satz für Satz aufsagen. Von den Brüdern Grimm gab es auch ein mehrbändiges Wörterbuch der deutschen Sprache. Dort hatten Tom und er nachgesehen, wie Ausdrücke erklärt wurden, die ihnen besonders gefielen. Zum Beispiel das Wort *Fessel*. Es bedeutete *hemmendes Band*. Das paßte gut zu Toms Lederriemen. Tom hatte klug erklärt, jemand sei dann im Sinne von *hemmen* perfekt gefesselt, wenn er von sich aus, was immer er ersönne oder wie unablässig er sich anstrengte, die Position und Wirkung der hemmenden Bänder nicht verändern und erst recht nicht loswerden konnte. „Vergleichbar ist", hatte sein Freund erläutert, „in einem engen Gelaß eingeschlossen zu sein. Wo gerade soviel Platz ist, daß man zwischen einer Unzahl von Besen und Schrubbern stehend ausharren kann. Wir haben so eine Besenkammer. Da mußte ich schon öfters rein."

„Wieso das?" fragte Jig naiv.

„Wenn ich mal was ausgefressen hatte."

„Was zum Beispiel?"

Tom überschlug die unendliche Liste seiner kleineren und größeren Untaten. Alles davon war geeignet, Jig zu verprellen. In seiner netten Gefügigkeit konnte er keine Kenntnis davon haben, welchen Anfechtungen ein Lausebengel im Alltag ausgesetzt war, Moral und Ordnung zu mißachten. „Wenn ich rotzfrech bin."

„Oh..." Jig dachte an Toms Auftritt in der Schule vor kurzem. Der Deutschlehrer hatte ihn gefragt, wieso er seine Hausarbeit nicht gemacht hatte. Tom behauptete, er habe seinem Vater helfen müssen. Der Lehrer wollte wissen, bei was, worauf Tom sagte: „Das geht Sie gar nichts an." Daraufhin hatte der Lehrer ihn zum Direktor geschickt, das spanische Rohr zu holen, eine zwischen den Lehrkräften abgesprochene Finte. Der Direx vollzog die Züchtigung nach pedantischem Verhör selbst. Tom hatte in der Pause stolz, wie ein Krieger Verwundungen herzeigt, die Striemen auf seinem Po enthüllt.

„Heh, bist du denn nie frech?" Tom zog Jigs angeleinten Arm so wild zu sich heran, daß Jig auf dem abschüssigen Waldweg strauchelte.

„Frech?" Jig bedachte sich. „Ich glaube, ich bin eher vorlaut."

„Und? Bestraft man dich dafür?"

„O ja! Ich muß in der Ecke stehen."

„In der Ecke...?"

„Ja, in einer Ecke im Flur."

„Wie lange?"

„Eine halbe Stunde. Oder eine Stunde. Je nachdem, wie mein Vater aufgelegt ist."

Tom kratzte sich überlegend hinterm Ohr. „Hab' ich noch nie gehört, in der Ecke stehen. Wirst du dabei angebunden?"

„Quatsch!"

„Ist das mit der Ecke deine höchste Strafe?"

„Also – einmal mußte ich ohne Abendbrot ins Bett."

Tom betrachtete interessiert Jig Elge. „Du kriegst nie was mit dem Rohrstock aufgezählt?"

„Nein." Jig untersuchte in Gedanken die verborgenen Winkel ihrer kleinen Wohnung. „Glaub' nicht, daß meine Eltern einen Stock bereithalten."

Bereithalten sauste für Tom wie ein Vorhang nieder. Zwischen seinem aufmüpfig gestemmten Alltag und Jigs nahezu straflosen Tagesläufen. Etwas verdrossen zupfte er am locker gebundenen Lederriemen zwischen ihren Handgelenken. „Kann ich mir nicht vorstellen, daß du mich in deine Gewalt bringst."

„Schlaf besser nicht wieder im Wald ein. Sonst wirst du an Händen und Füßen erledigt. Ich leg' dich auf den Bauch und spann' dich krumm wie einen Tintenlöscher. Bis du um Gnade bittest." Jig wußte nicht, woher der Mut kam, so großspurig mit dem starken Tom zu reden.

„Bin echt neugierig drauf." Gekrümmt um Gnade bitten...! Tom zitterte vor Vergnügen. Am liebsten hätte er gleich erfahren, was Jig noch mit ihm vorhatte. Dieser zarte Knabe verdrehte ihm völlig den Kopf. Wie irgendeine gertenschlanke Schönheit aus der Mädchenschule.

Sanft stieß er Jig in die Seite. „Diese Spiele müssen unter uns bleiben, hörst du? Es ist wie mit geheimen Riten. Man plaudert sie nicht aus. Ist dir das klar?"

„Absolut." Bei aller Zuneigung für seinen unverhofft gewonnenen Gefährten stand Jig klar vor Augen, daß des Kürschners Sohn, egal, was sie je zusammen treiben würden, das Sagen hatte. Jedenfalls sollten sie sich losbinden. Bis zur Straße, wo sie Schutz und Schatten der Bäume verließen, waren es nur noch hundert Meter.

Aber Tom zog ihn ungestüm vorwärts. „Mann, was is 'n plötzlich? Schämste dich, mit mir gesehen zu werden? Weil mein Vater nur Handwerker ist? Und deiner so richtig was Edles?"

Jig ließ den Kopf hängen. Alle Welt sollte ihn mit Tom sehen. Nur nicht so. Er als Unterlegener. Er nach Kampf und Niederlage eines Schwächeren von Tom abgeführt. Auf Gerichtsfotos waren Verhaftete oft mit der rechten Hand an ihren Bewacher gekettet. Man nahm wohl an, die meisten seien Rechtshänder, und die Widerspenstigkeit linker Gefangenenhände konnte von einer rechten Polizistenhand leicht niedergebügelt werden. Selbst befreien konnte der Verhaftete sich nicht. Der Beamte hatte den Schlüssel in irgendeiner der vielen Taschen seiner Uniform. Ebenso schwer würde er es haben, sich von Tom loszumachen. Er wußte nicht, an welcher Windung zu ziehen war, um die Schlingen zu lösen. Zöge er an der falschen Stelle, würde es die Schnürung übel verheddern.

„Heh!" Tom stupste ihn mit der Schulter an. „Haste jetzt doch Bammel, Jiggy!? Vor mir?"

„Gar nicht", log der gepeinigte Jig. Gerade hatte eine Frau sie erstaunt gemustert. Als sie an ihr vorbei waren, verstummten ihre Schritte. Also war sie stehengeblieben und starrte ihnen nach.

Am Bordstein hielt ein Wagen. Bremsen quietschten. Ein Uniformierter stieg aus, nahm seine Schirmmütze ab und stellte sich ihnen in den Weg. „Was muß ich da sehen?" fragte er Tom. „Schleppst du Rüpel wieder mal jemanden ab?"

„Hallo, Onkel Paul", sagte Tom mit belegter Stimme. „Ist nicht so, wie du denkst. Ein Schulkamerad. Wir hatten nur was ausprobiert."

„Ausprobiert... Aha! Mach ihn los, Tom, aber dalli!"

Tom gehorchte. Den Riemen stopfte er Jig hastig in die Hosentasche. „Wär' mir recht, Onkel Paul, wenn du nicht breittrittst, was du so siehst."

„Ich sehe, was ich sehe. Breitzutreten brauch' ich's nicht. Schätze, du kriegst sowieso mächtig was ab. Hättest mit Vater zum Großhandel fahren sollen. Aufladen helfen. Mal wieder vergessen, wie?"

„Puh! Hatt' 'ne Verabredung mit Jiggy. Hätt' ich die nicht eingehalten, würde ich von ihm mächtig was auf den Arsch kriegen."

„Du spinnst ja!" Onkel Paul taxierte amüsiert Jigs schmale Gestalt. Von Kopf bis Fuß. „Für Vater überleg dir besser eine glaubhafte Entschuldigung."

Der breitschultrige Mann öffnete ein dreieckiges Etui am Gürtel und zog blitzblanke Handschellen heraus. „Hände auf den Rücken, Tom! Das kennst du ja schon!"

Jig traute seinen Augen nicht. Er hatte gedacht, das mit dem Polizistenkram, von dem Tom in der Klasse öfters mal behauptete, er könne damit spielen, wann er wolle, sei pure Aufschneiderei.

„Aber Onkel!" meuterte Tom. „Das kannst du nicht machen! Ich bin doch nicht dein Untergebener."

„Nee, du bist bloß mein Neffe. Außerdem mein Patenkind. Was die Aufgabe einschließt, mich um dich zu kümmern. Durch dein Benehmen schließt das ein, *dich* gelegentlich einzuschließen." Der Mann von der Bundeswehr drehte Tom lachend die Arme auf den Rücken. Beim aufreizenden Klicken der Schlösser wurde Tom knallrot. Er schämte sich vor Jig.

„Los, Junge!" ermunterte Onkel Paul Toms offenbar neuesten Günstling. „Kleb ihm eine! Hat er verdient."

„Ist wirklich anders, Onkel, als du denkst", erklärte Tom. „Wir haben nur..."

„Hör schon auf! Ich weiß, wie du mit schwächeren Bengeln umspringst. Deinem Begleiter hast du mit deiner Wildheit ein riesiges Loch in die Hose gerissen. Wird bei ihm zu Hause allerhand Ärger geben."

„Selber schuld", maulte Tom. „Der könnte ja 'ne Lederhose anziehen. Er wußte doch, daß wir im Wald rumtollen werden."

„Knall ihm eine, Junge! Genau die, die dich zu Hause erwartet."

Jig begriff, daß Tom in seiner Familie den Ruf eines rücksichtslosen Raufbolds hatte. Falls er diesen grundschlechten Leumund gewissermaßen nicht billigend bestätigte, sich also weigerte zuzuschlagen, stände er vor Onkel Paul als Feigling da. Oder der Mann in Militär-Uniform würde sie beide möglicherweise verdächtigen, im Wald Dinge zu treiben, die echten Jungs tatsächlich unwürdig waren. Ein bißchen schadenfroh holte er weit aus. Patsch! Ach, du grüne Neune...! Unglaublich, wie kraftvoll er auf Verlangen zuschlagen konnte.

Toms Kopf fuhr zur Seite. Entgeistert fixierte er Jig. Normalerweise hätte er sich die schmerzende Wange gerieben. Was ihm nun verwehrt war. Bevor er von Onkel Paul ins tarnfarbene Auto verladen wurde, zischte er: „Das kriegste zurück! Mit Zinsen, Kleiner."

Prügel bekam Jig keine wegen des Lochs in der Hose. Seine Mutter stopfte es, ohne viel zu fragen. Doch in jener Nacht quälten wirre Träume sein Gemüt. Wieder stand er im Wald. An der Buche. Mit verbundenen Augen. „Für eine zahl' ich zehn zurück", erläuterte Tom näselnd. „Hatt' mir ja geschworen, großzügig zu dir zu sein." Die erste Ohrfeige dröhnte. Er versuchte sich loszureißen. Es gelang. Kein Baum, kein Wald – nur sein stockdunkles Zimmer. Mit klopfendem Herzen legte er sich wieder hin und tastete nach dem Teddybären. Erleichtert aufseufzend schmiegte er das Gesicht an ihn.

Wie war das Leben damals fröhlich und beschwingt gewesen... Mit einem Freund zum Liebhaben – Tom! Den er, hätte er einen Zauberstab, herbeihexen würde. Statt eines Zauberstabes stand ihm nur seine schwache Stimme zur Verfügung.
„¡Socorro!" Ein Krächzer. Kaum zu hören. „¡Socorro!" schrie er so laut er konnte. Der aberwitzige Versuch vor sich selbst, seinem Willen zum Durchhalten irgendwie Glaubwürdigkeit zu verleihen.

4

Tagelang herrschte Funkstille zwischen den Jungen. Tom schämte sich für die Art und Weise, wie sein Onkel ihn gemaßregelt hatte. In Ketten nach Hause abgeführt, vor Jiggys Augen! In dieser unlängst mühevoll errungenen Freundschaft fühlte er sich unten durch. Er vermied es, Jig anzusehen. Noch schmachvoller war gewesen, daß Jig ihn geohrfeigt hatte. Wie ein Großer. Obzwar Jig an der Kletterstange im Turnunterricht nie über die Drei-Meter-Marke hinauskam. Weder schaffte er den Klimmzug bis zum Anschlag noch den vollen Rundumschwung am Reck. Plumpste runter wie ein nasser Sack. Lag mit schmerzverzerrter Miene zusammengekrümmt auf der Matte, sich verzweifelt zwischen die Beine greifend.

„Tut dir was weh?" fragte der Sportlehrer.

„Nein, Sir", jaulte Jig.

„Bist du sicher, daß dir nichts weh tut?"

„Ja, Sir."

Der Sportlehrer musterte ihn mit unbewegter Miene. Klar erkennbar hatte die Reckstange Jigs Eier geplättet. „Dann steh endlich auf! Und sag nicht pausenlos *Sir* zu mir. Oder willst du mich veralbern?"

„Entschuldigen Sie, Sir!"

Von Jig wußte man, er redete seinen Vater mit *Sir* und in der dritten Person an. Wie es gemäß einem Kodex distinguierter Familien in England oder Frankreich Brauch war. In Deutschland wirkte es eher ungewöhnlich. Doch Jigs Vater arbeitete als Dolmetscher bei den britischen Besatzungstruppen. Da mochte das englische Klassenbewußtsein abfärben. Tom vermutete, Jig habe zu Hause über ihn gequatscht, und dessen Vater habe ihm logischerweise den Umgang mit einem Bengel untersagt, dem erst in Ketten Manieren beigebracht werden konnten. Es war einfach blöd gelaufen. Jig würde sich ersatzweise an den Klassensprecher ranmachen, statt einer körperlichen eben eine geistige Krücke suchen. Denn Friedhelm war der Beste in Englisch und Mathe. Das paßte zu Jigs fabelhafter Deutschzensur wie Friedhelms fetter Po auf einen Nachttopf in Übergröße. Tom sah seine Annahme bestätigt, als er beide in einer Pause erspähte, vertraulich wispernd und verschämt wie frisch Verliebte den Blick zu Boden richtend. Dabei legte der stämmige Friedhelm dem schmalen Jig die Hand auf die Schulter, als wolle er ihn verhaften, braten und verspeisen. Jigs Fehlgriff beim Auswählen seiner Vertrauten erbitterte Tom. Er wandte sich mit finsterer Miene ab.

Es galt, einen Plan auszuarbeiten, der vorsah, beide in den Wald zu locken und zu verprügeln. Tom konnte es leicht mit zweien aufnehmen und sie zu Boden gurken. Damit würde er es nicht bewenden lassen, sondern ihnen handfest vorführen, wozu dünne Lederriemen gut waren. Aber wie er es auch drehte, die Einzelheiten fügten sich nicht aneinander. Nähme er sich Friedhelm zuerst vor, würde Jig abhauen. Andererseits wäre der kaum zu zwingen, Friedhelm zu erledigen, bevor er selbst verarbeitet wurde. Wenn Onkel Paul ihm die Handschellen für einen Nachmittag überließ, konnte er die Jungen mit kräftigen Schlägen betäuben und ihre Arme im Spalt eng benachbarter Bäume aneinanderketten. Die beiden freien Arme würde er hinter den Stämmen zusammenbinden. So müßten sie dastehen. Wie bestellt und nicht abgeholt. Aber würde er es fertigbringen, Jig zu schlagen? Reinhauen in Jiggys feines Gesicht mit dem lieben Lächeln wie in einen Feuermelder? Niemals! Und den Schleimer Friedhelm konnte er, verflucht noch eins, nicht ausstehen. Er würde sich schwerlich überwinden können, ihn überhaupt anzufassen. Mit blutleeren Angebern wollte er nichts zu tun haben. Friedhelm gab mit seinem Vater an, der im Stadtrat saß, ein Akademiker! Daß er, Tom, als Sohn eines Handwerkers wegen grober Verfehlungen eher vom Gymnasium flöge als Friedhelm oder Jiggy, dessen Vater auch ein Studierter war, erfaßte er glasklar. Auf das Kunststück, zwei Jungs zwischen Bäumen einzupferchen, viel zu eng nebeneinander, um sich durchzuzwängen, konnte er stolz sein. Mit Handschellen und einem kurzen Lederriemen den Plan in die Tat umzusetzen, würde ihm närrisch gut gefallen. Allerdings waren die Folgen unübersehbar. Bis auf einen Punkt. Sein Hintern würde die Bekanntschaft mit einem von Vaters breiten Gürteln erneuern. Satanische Diener, die jedesmal

herablassend fragten: Kennen wir uns schon? Nein –?
Macht nichts! Beim nächsten Mal erinnerst du dich bestimmt. Na, dann an die Arbeit... Schön stillhalten, Junge! Damit der Meister haarscharf zielen kann. ...Zatsch!!

Jig war damals nicht entgangen, daß Tom offenbar
nichts mehr mit ihm am Hut hatte. Gequält fuhr er sich
mit der Zunge über die knastertrockenen Lippen. Ach,
würde Tom doch vor ihm stehen! Mit seinem Lederho-
sengürtel. Und dem üblichen Angebot: „Hose runter und
ein Dutzend auf den Po! Dann laß' ich dich gehen. Oder
du hast 'n gepfefferten Nachmittag vor dir."
    Großer Gott, wenn es hier denn nicht mehr als nur
ein gepfefferter Nachmittag würde!

5

Seine nagelneuen Handschellen! Knappen dreihun-
dert Gramm Stahl hatte er den Befehl über sich abgetre-
ten. Sie hielten ihn erbarmungslos in Haft. Hiebe auf
den nackten Po? Hundert ertrüge er, würden die Dinger
ihn freigeben. Mit Mengen hatte Tom stets übertrieben.
Fünf Schläge an einem Tag waren das abgesprochene
Maximum gewesen. Schlug Tom so unmäßig zu, daß die
Striemen noch tags darauf zu sehen waren, konnte der
sicher sein, daß Jig ihm nichts schuldig bleiben und ihn
das nächste Mal entsprechend deutlich abstempeln würde. Wie Geben und Nehmen blieben ihre Spiele in ge-
sundem Gleichgewicht.
    Ganz in der Nähe raschelte es. In Abständen immer
wieder. Wohl ein Nagetier. Dann erkannte Jig den Vogel, der im Laub scharrte. Eine Elster. Gehörte zu den
gescheiten Rabenvögeln. Sie mausten, was immer ihnen
gefiel, fuhren auf Blitzblankes ab. Hatte das Tier die

vernickelten Schlüssel blinken sehen? Womöglich würde die Elster an den Dingern Gefallen finden und sie quer im Schnabel ins Nest tragen. Zum Spielen für den Nachwuchs. Er benötigte sie aber für das eigene Spiel. Auch wenn er selber an die Schlüssel nicht herankam. Ohne sie könnte ihn jemand anders keinesfalls befreien.

„Sch-scht...", zischte er so laut er konnte. Es zeigte Wirkung. Der Vogel flatterte davon. Erschöpft schloß er die Augen, lehnte den Kopf an den Stamm der Steineiche und ließ den Gedanken wieder freien Lauf.

In einer der nächsten Deutschstunden gab es eine unerhörte Wendung. Während der Lehrer den Satz an die Tafel schrieb, „Ich mach' mich nichts aus Gartenarbeit, weil ich mir nicht schmutzig machen will", ploppte ein Papiergeschoß auf Toms Backe. Empört sah er sich um. Der Absender war nicht zu ermitteln. Alle schauten angestrengt zur Tafel. Er entfaltete den Zettel. „Du darfst mich ja auch eine knallen. Wenn es sein muß, eine von den starken. Aber schau mir bitte wieder an!" Ein bauchiges J beglaubigte den Autor der Botschaft.

Heiß durchrieselte es Tom. Noch war Jig nicht ganz verloren. Er kratzte sich hinter dem Ohr. Pah, jeden konnte er zum Freund haben! Hatte er nicht schon überlegt, sich bis zu den Ferien mit dem Schläger Lutz zu verbünden? Wer in dessen Schwitzkasten geriet, konnte von Glück sagen, wenn er nicht bewußtlos gewürgt wurde und am Nachmittag wieder klar denken konnte. Lutz und ihm oblag es bei Schulausflügen, wie Hirtenhunde die ganze Klasse in Marschrichtung zu halten. Leider steckte Lutz nicht nur in schmutziger Wäsche. Er stank oft nach Pisse. Vielleicht war bei ihm etwas undicht. Wieder durchrieselte es Tom. Jig duftete schwach nach Fliederseife. Mindestens roch er ähnlich nach gar nichts wie eine Katze nach vollbrachter Morgenwäsche.

Minutenlang knobelte er an der Antwort. Dann mußte er warten, bis der Lehrer ihnen an der Tafel den Rükken zuwandte, bevor er sie hinüberbeförderte. „Eine? Ich sagte, mit Zinsen! Macht zwei."

„Wenn's unbedingt sein muß", kam postwendend das Einverständnis.

Tom ritt ein Teufelchen, auf der Stelle herauszufinden, wieviel er Jiggy noch wert war. Er sandte eine verschärfende Note: „Nur an einen Baum gebunden, mein Kleiner! Mit verbundenen Augen und geknebelt. Damit du mir nicht wie ein Lahma anspuckst."

Diesmal bedachte sich Jig endlos. Tom befürchtete, er habe den Bogen überspannt. Schließlich sah er sich mit dem durch die Luft fliegenden Geschoß bestätigt. Jig konnte gar nicht anders, als ihn zu mögen! Denn wer aus der Klasse würde je auf Jigs Spinnereien eingehen als er selber? Da die Spinnereien seinen eigenen haargenau entsprachen. „Nur ausnahmsweise! Weil du es bist. Einer, der Lama mit h schreibt."

Trunken vor Siegesfreude sandte Tom die Vorladung zur Vollstreckung des Urteils ab: „Um drei am H. Enttäusch mir nicht! Oder morgen wird dich in der großen Pause deine Fratze nach hinten gedreht."

Doch diesmal prallte die Papierpatrone an der soeben hochschießenden Hand des Strebers Pixi ab und fiel auf den Boden.

Der Lehrer hatte es bemerkt. Er entfaltete die Mitteilung und las sie grinsend vor. Dann sagte er: „So gut, wie ihr mitarbeitet, macht ihr mir richtig froh!"

Nach dem Sonnenstand schätzte Jig, daß es halb drei war, als er am Hexenteich eintraf. Statt Tom kamen bald ein Mädchen und zwei Jungen. Einer hatte eine aufgerollte Wäscheleine über der Schulter hängen. Hatte Tom sie vorausgeschickt, um seinen *Kleinen* für die Ohrfeigenstrafe vorzubereiten? Eingeschüchtert erhob er sich vom Felsklotz, auf dem er im Schneidersitz gewartet hatte. Bereit zu flüchten.

„Willste mit klettern, Bübchen?" fragte der Junge mit der Leine.

„Äh – nein! So was kann ich nicht."

„Haste gehört, Elli?" Der Breitschultrige knuffte das Mädchen. „Klettern kann das Bübchen nich." Feindselig schwenkte er die Wäscheleine gegen Jig. „Dann schwirr ab! In der Fetzenhose kannste sowieso nich in die Felsen. Und Zugucker ham wa dicke!"

Jig trollte sich. Mit Bergsteigern war offensichtlich schlecht Kirschen essen. Er marschierte den Hang hinauf. Oben kannte er mehrere Stellen, wo man den Steinbruch überblicken konnte, ohne selbst gesehen zu werden. Einer der Jungen stieg im spitzen Winkel des Hexenteichs, der an jener Stelle mit der Zeit durch Geröll gefüllt und ausgetrocknet worden war, über die treppenartig geformten Felsen auf. Oben befestigte er den Strick an einem Baum. Jetzt überwand das Mädchen, von der Leine fachmännisch um Taille und Schultern gesichert, die schwierigsten drei Meter. Als Jig sich durchs Gebüsch zwängte, um auf den Wanderweg zu gelangen, ratschte eine daumendicke Brombeerranke ihm den bereits dünn und faserig gesessenen Kordstoff am Hinterteil auf. Er begriff den Sinn von „Kannste sowieso nicht in die Felsen." Die drei Kletterer trugen Lederhosen. Zögernd lief er durch den Hochwald zurück in die Stadt. Tom tauchte nirgendwo auf.

Die Mutter kramte kopfschüttelnd Ersatz aus dem Schrank. Als Vater Elge nach Hause gekommen war, an dem Tag früher als sonst, rief er Jig zu sich und schalt ihn mild. Er hatte schon überlegt, wie dem Problem der ständig reparaturbedürftigen Hosen aus Manchesterstoff beizukommen sei. Angesichts der gegenwärtigen Panne fiel ihm der Lederladen in einer Nische der alten Stadtmauer ein. Bislang hatte man Jig nicht überreden können, wie alle Jungen zum Spielen im Freien eine Lederhose anzuziehen. Ein erfahrener Handwerksmeister würde Argumente haben, diese Hemmschwelle zu überwinden. Also nahm Elge seinen Sohn gleich mit.

Einst hatte Toms Vater das Kürschnerhandwerk erlernt. Nun betrachtete er sich eher als Taschner oder Sattler. Verschiedene Rohledersorten im Einmann-Betrieb hinsichtlich der gewünschten Kleidung zu veredeln, lohnte den Aufwand nicht mehr. Er kaufte das Material fertig zugerichtet im Großhandel.

Während er mit Jigs Vater das Hosenproblem besprach, zeigte Tom dem neuen Freund die Werkstatt und erklärte ihm entschuldigend, hier hätte er während ihres verabredeten Treffens den ganzen Nachmittag helfen müssen. Treuherzig setzte er hinzu, damit seien die Ohrfeigen selbstverständlich getilgt. Weil Jig ja im Wald am vereinbarten Treffpunkt gewesen sei.

„Woher weißt du das?" fragte Jig mißtrauisch.

„Ist doch logisch", war die Antwort. „Hättest dir sonst nicht wieder den Hosenboden aufgerissen."

Plaudernd und lachend kamen die beiden Männer die Treppe herunter. „Herr Elge", sagte Toms Vater, „Sie sehen ja – unsere Jungs mögen sich. Tom meinte, Jig hätte Lust, mal am Samstag bei uns zu übernachten. Wie wär's nächste Woche? Da werde ich mit eiligen Aufträgen aus dem Gröbsten raus sein. Also kriegt Tom frei und kann treiben, was er will."

Jigs Vater musterte seinen Sohn verblüfft. Mal woanders zu übernachten, dazu hatte man Jig auch mit dem

Lockmittel eines Extras zum üblichen Taschengeld bisher nie bewegen können. „Gern", sagte er. „Wenn es Ihnen keine Umstände macht."

Jig fühlte sich übergangen. *Tom meint, Tom will, Tom wird mich unterbuttern...* Fragte man gar nicht, was er wollte? Wollte er wirklich einen kostbaren Samstagabend mit Tom herumhocken, dessen literarische Interessen stark in Zweifel zu ziehen waren?

Toms Vater lachte. „Umstände? – I wo! Jungs in dem Alter sind ja schon sehr selbständig. Die kommen ganz allein zurecht."

Tom zog Jig ins Freie. Auf dem Hof umhalste er ihn rauh. „Beim Verlesen des Urteils verfinstert sich das Gesicht des Poeten. Man wird ihn bei Brot und Wasser in einen schmutzigen, finsteren Kerker werfen... Heh, Jiggy, bleib lieber zu Hause und spiel mit deinem Teddy! Hast doch gar keinen Mumm, mit *mir* zu spielen. Fesseln ist nämlich nicht getilgt. Willst du den ganzen Nachmittag in der engen Besenkammer stecken? Und nachts in meinem Schlafsack verpackt sein? Siehst du, jetzt kommt richtig Bammel auf, Kleiner! Niederungen, nichts als Niederungen. Des Dichters Miene erblicht."

„Erbleicht", korrigierte Jig angerührt. Als blutleerer Poet abgestempelt zu werden, der seinem Teddy mehr zugeneigt war als einem Abenteuer versprechenden Jungen wie Tom, ärgerte ihn. Und auch, wie elegant der von wortkarg auf Quasselstrippe umzuschalten verstand.

6

Unter der Fülle von Erinnerungen seufzte er auf. Tom würde sich begeistert auf die Schenkel schlagen, sähe er ihn so sitzen. Wie harmlos war es dagegen gewesen, mit reglosen Gliedern und dem Kopf voran in seinem Bundeswehrschlafsack zu stecken, auch dieses Ausrüstungsstück ein praktisches Geschenk von Onkel Paul. Wo es aufregend vertraut ein klein wenig nach Toms Füßen gerochen hatte, Toms Jungenparfüm, das unterstrich, wer das Sagen hatte. Hier würde er frohlocken: „Haste Scheiße gebaut, Kleiner, woll –?"

„Woll, woll, Tom. Sauber Scheiße gebaut!" Jig warf einen traurigen Blick in die Baumkrone. Am Abend würde er buchstäblich mit vollen Hosen dasitzen. Auf was immer er sich bei dem Rauhbein Tom hatte gefaßt machen müssen, Übles war nie drunter gewesen. Und stand ein dringendes Bedürfnis an, wurde man gemäß den Spielregeln kurz losgebunden. Auf Ehrenwort, den Freigang nicht zum Abhauen zu mißbrauchen.

Im Wald gefiel es Tom, mit zusammengeketteten Füßen genießerisch langsam in die Büsche zu watscheln. Danach wurde wieder genauso verschnürt wie zuvor. Unter Toms Fuchtel, erinnerte sich Jig, jedesmal ein Jota unangenehmer. „Damit deine Sextanerblase für Pinkelpausen das Haushalten lernt. Bin nicht dein Affe!"

Am verabredeten Samstag in der Zehn-Uhr-Pause hatte Tom gesagt: „Mitzubringen brauchst du nichts. Kriegst 'n Schlafanzug von mir. Zahnbürste auch. Um drei gibt's bei uns Kaffee und Kuchen. Danach gehen wir zum Hexenteich."

„Warum nicht gleich zum Spielen rauf in den Wald?"

„Weil wir erst 'n kühles Bad nehmen, Mann. Ich will mir ansehen, wie du schwimmst. Wahrscheinlich wie eine bleierne Ente."

„Schwimmen mit dir? Verstehe! Mit einem schweren Stein am Fußknöchel. Ist ja gleich, wo du mich gefangen setzt. Und piesackst", sagte Jig.

Tom blies sich sein langsträhniges blondes Haar von

den Augen weg. „Mannomann! Du und dein Bammel! Wenn du kneifen willst, sag's gleich. Dann lad' ich mir jemand anders fürs Wochenende ein."

„Blödsinn. Da freu' ich mich drauf!" Aber ganz wohl war Jig dabei nicht. Zumal Tom ihn mit schräggelegtem Kopf feierlich anlächelte. Als ob er ausgefuchste Manöver im Schilde führte und sie in Vorfreude genoß.

Bezüglich Spiel und Spaß dachte der überaus praktisch veranlagte Sohn eines Lederhändlers an etwas Naheliegendes. Nachdem er Jig in sein Reich geführt hatte, ein kleines Zimmer unter der Dachschräge, hielt er ihm eine Lederhose entgegen. „Papa hat gesagt, die alte von deinem Bruder enger machen, lohnt nicht. Ist genauso aufwendig wie 'ne neue nähen. Vor einer Woche hab' ich eine neue gekriegt. Diese könnt' ich ja noch anziehen. Aber irgendwie ist sie mir zu eng geworden. Für dich kein Problem. Du hast es ja in Leder gern eng."

Tom fischte ein Knäuel aus der Hosentasche. Seine neueste Arbeit. Er zog den Riemen auseinander und hieb ihn Jig über die nackten Schenkel. Am Vorabend hatte er die Leine als Lehrlingsaufgabe aus Lederabfall spiralförmig ausgeschnitten. Vorhin hatte er nachgemessen – unglaubliche dreieinhalb Meter lang!

„Dieses Teil hab' ich extra für dich gemacht. Für deine unruhigen Hände. Wird das sachgemäß verschlungen, kriegst du es von allein nicht los. Das probieren wir später aus. Zieh erst mal meine Lederhose an."

Jig überlegte, wie er seine Ablehnung möglichst höflich kundtat. Fragend sah er die blauäugige Puppe auf dem Foto an der Wand an. „Äh, Tom, das ist riesig nett! Nur hab' ich's nicht so mit Lederhosen. Man kann sie nicht waschen. Meine Eltern wollten mir schon oft –"

Weiteres Erläutern wurde Jig abgedreht, indem Tom ihm den Mund zuhielt. „Was willste bloß, Jiggy? Bist du einer, den man zu seinem Glück zwingen muß? Los! Raus aus der Murkshose! Rein in die Lederne! Oder willst du's auf die rauhe Tour? Ich kann dir sofort die Pfoten binden. Und dich eigenhändig anziehen. Schaff' ich spielend. Willste das?"

Das wollte Jig keineswegs. Die rauhe Tour würde Tom ohnehin bald abziehen. Hastig zog er sich um. Er war baff, wie prima die Hose paßte. Daß Tom sie vorher auf dem Körper gehabt hatte, verwirrte ihn. Verlegen versenkte er die Hände in den geräumigen Taschen. Auch die waren aus Leder. Dann fiel ihm Elli ein, das Mädchen mit den weißblonden Haaren, die bis auf den Po reichten. In ihrer knappsitzenden Lederhose hatte sie aufreizend martialisch ausgesehen, eine Amazone aus der griechischen Sage. Zu schade, daß sie ihn mit der Wäscheleine nicht in ihre Gewalt gebracht und rauf in den tiefsten Wald verschleppt hatte. Ihre Gefährten hätten ja ohne sie klettern können. Vermutlich taugte er als Junge auch nicht recht zum Gefangennehmen. Wie hatte Tom gesagt...? Überlegend schloß er die Augen. *In zerlöcherten Murkshosen!*

Tom hatte inzwischen im Schrank nach einem Gürtel gekramt. „Träumste wieder, Jiggy?" Um ihn herumtänzelnd, fädelte er den Gurt durch die Schlaufen im Bund, rückte die Lederhose in der Taille zurecht und schnallte – ratsch! – den Gürtel zu. Jig fühlte sich wie die ihm zuzwinkernde Puppe an der Wand. Einen Schritt zurücktretend, musterte Tom seinen Freund. „Na? So siehste viel natürlicher aus, Jiggylein! Wie einer, der weiß, wo's lang geht. So kann ich mich mit dir sehen lassen."

Bei Kaffe und Kuchen lernte Jig die Eltern kennen. Toms Mutter fragte ihn über die Schule aus. Ob Tom im Unterricht wirklich so frech sei? Davon war Jig hinlänglich überzeugt. Schien ihm aber klüger, es zu verneinen.

Der Kürschner kommentierte anerkennend den Hosentausch. „Das nenn' ich Kameradschaft, wenn Tom seine Kleidung so ohne Flausen rausrückt. Steht dir ausgezeichnet, Junge!" Er selber trug lederne Kniebundhosen, an vielen Stellen abgewetzt und speckig vom fortwährenden Gebrauch. „Fühlst du dich wohl damit?"

Jig bejahte. Derartig neu ausstaffiert, war er seltsam berührt. Als hätte er ein Stück von Toms Haut auf dem Körper. Daß er sich überaus pudelwohl fühlte, lag vor allem an der saftigen Erdbeertorte mit süßer Sahne. Außerdem war er ja zu einem erklärt worden, der wußte, wo es lang ging. Nach der köstlichen Torte würde er mit Toms neuem Lederriemen, der bezaubernde Verwicklungen ankündigte, Bekanntschaft schließen. Diesbezüglich plante er, resolut seine Wünsche anzumelden.

„Bitte, Tom! Heute mit den Händen vorn!" „Ja, meine Trickknoten ausspähen, was? Das würde dir so passen! Arme auf den Rücken! Wird's bald?" „Tom, bitte...!" „Hör auf zu winseln! Und starr nicht immerzu um Hilfe bettelnd meinen Vater an. Der hilft niemandem, den ich in der Mangel habe." „Wetten, daß er *mir* hilft?" „Denkste! Jungs wie *dir* schneidet er. Weil sie sich nicht wehren. Sich zu wenig behaupten. Der legt dich dafür übers Knie. Wirste bekannt mit kraftvollen Handwerkerhänden. Erst zählt dir Alfred die erste Tracht deines Lebens hinten drauf. Danach ab in die Besenkammer..."

„Zum Abendbrot gibt's Kartoffelsalat und bayerische Bratwurst", sagte Toms Mutter. „Um sieben. Wer nicht rechtzeitig da ist, geht hungrig schlafen. Denkt daran!"

Zunächst dachten die beiden Jungen nur an den freien Nachmittag. Sie marschierten los. Unterwegs zeigte Tom Jig die Bundeswehrhandschellen. „Hat mir Onkel

Paul vorgestern geschenkt", erklärte er. „Sind ausgemustert. Behauptet er. Kommen mir aber neu vor. Weil nicht der geringste Kratzer drauf ist."

Jig überlegte, was sein Vater sagen würde, sähe er Schuljungen mit Polizistenkram spielen. „Sind die für uns nicht zu groß?"

„Nicht die Bohne! Bei dir müssen wir sie eben enger einrasten lassen. Einsacken tun die dich jedenfalls wie einen Großen. Jiggy, ich sag' dir, das is 'n sonderbarer Kitzel. So 'nen Stahlkram umhaben!" Tom verstaute die in der Sonne funkelnden Eisen in der Gesäßtasche. „Da, steck den Schlüssel ein. Später darfst du mich verhaften. Drehst mir den Arm nach hinten und legst mir die Dinger an. Ich geb' sie dir dann."

„Warum nicht gleich?" fragte Jig.

„Hab's gern, wenn die Schellen da rumklimpern." Tom schlug sich mehrmals ausgelassen auf den Hintern. Es schepperte, als hätte er eine Ritterrüstung statt Lederhosen an.

Jig ging die einschlägigen Stellen durch, die er aus Büchern kannte. Jungs in Handschellen oder gar welche, die damit spielten, kamen nirgends vor. Eine Lücke, die Tom und ihn anspornen sollte, mit ausgefallenen Geschichten die Weltliteratur zu bereichern. Dort strotzte es vor Absonderlichkeiten. Das machte es ja so reizvoll, Bücher zu lesen. Was Tom und er gern hatten, maß man es am Alltäglichen, war ziemlich abgedreht. Sicherlich waren sie die einzigen in der Klasse, die...

„He, Jiggy! Schlaf nicht ein! Bringst du das überhaupt? Mir zünftig den Arm verdrehen?"

„Klar schaff' ich das!"

„Probier mal!" Tom hielt Jig seinen rechten Arm locker hin. Und schrie auf.

Im Nu hatte Jig an Ellbogen und Handgelenk zugepackt und Tom den Arm auf den Rücken gehebelt. Er kickte ihm das Bein weg, schmiß ihn zu Boden und ließ sich auf ihn fallen. „Wozu soll ich dich da noch binden? Bist auch so geliefert." Überlegen kicherte er. Es war faszinierend, Tom in der Gewalt zu haben. Mit Leichtigkeit könnte er ihm den Arm brechen.

„Mann, langst du wild zu", stöhnte Tom. „Wie man sich in dir täuscht! Laß endlich los! Und schneid dir gefälligst mal die Krallen."

Jig versuchte sich zu recken, so gut es ging. „Halt still!" befahlen die *Llama*. „Wir können noch grausiger kneifen, warte es nur ab!" Der Schmerz in der Blase riet dazu, die Schleusen endlich zu öffnen. Unvermeidlich würde er sich in die erst vergangene Woche im Corte Inglés gekauften blauen Levi's pissen müssen.

Tom hatte ihn stets rechtzeitig losgebunden. „Leder hält viel aus", hatte er erklärt. „Bleibt lange geschmeidig. Aber durch Salzwasser wird das Gewebe angegriffen und mit der Zeit zerstört, sagt mein Vater. Wird hart und bricht. Deshalb mögen Lederhosen keine Pisse."

Mit ganzem Willen stemmte er sich gegen das dringende Bedürfnis. Aber das Fleisch war schwach, bettelte immer nachdrücklicher um Erlösung. Er ließ den Kopf auf die Brust sinken. Gar nichts mehr konnte er verhindern. Ein warmer Quell rieselte in die aneinandergepreßten Schenkel. Auf diese Art begann es also, verlor man die Kontrolle über sich.

„Tom, ist es wahr, daß Verbrecher, nachdem ihnen der Strick das Genick gebrochen hat, noch pissen können? Wenn sie schon tot sind?"

Des Kürschners Sohn rieb sich den schmerzenden Arm und betrachtete die roten Kerben, die Jigs Fingernägel verursacht hatten. Zu einem raschem Seitenblick kniff er die Augen zusammen. Jig spielte nur scheinbar auf harmlos, auf unerfahren, auf – er wußte nicht, was noch alles. Eben hatte er ihn gepackt wie ein erfahrener Raufbold. „Kann sein, da läuft was ganz anderes raus", urteilte er bedächtig.

„So? Ah... Klar! Da gibt's ja mehr Möglichkeiten." Jig patschte Tom angeregt in den Nacken. „Wird man vor dem Hängen wehrlos gemacht?"

„Schwer, Mann! Hände, Füße... Meist noch an den Ellbogen. Wirst so schwach gemacht wie ein Wickelbaby." Tom wurde es warm. Er zog sein Hemd aus und schlang es sich um die Hüften.

Jig mochte Toms nackten Oberkörper. Er hoffte, bald auch so auszusehen. Muskulöser. Mit ihrer Körpergröße hatte er sich getäuscht, Tom überragte ihn lediglich um einen, höchstens zwei Zentimeter. Größer wirkte er durch seinen robusten Körperbau. Besonders groß, wenn er vorlaut war.

„Schlinge, ratsch! – um den Hals. Das Brett unter den Füßen wegziehen. Und plumps – abwärts geht die Post! Schon baumelt dein Arsch, siehste, so! Drehst dich gemächlich um dich selbst. Kann sein, die Beine strampeln noch 'ne Weile. Aber das alles spürst du nicht mehr."

„Puh!" murmelte Jig. Wie sorglos Tom ihn in der zweiten Person hinrichten ließ! Seinen Arsch! Als ob ein Todgeweihter in den letzten Momenten seines Lebens für die Schergen nur noch als Arsch existierte. Das Wort gehörte in die Kategorie der Kraftausdrücke. Zu Hause hieß es *Po*. Oder *Hintern*. Manchmal in nicht gerade erhellender Umschreibung *Allerwertester*. Wenn er sich mal besonders mutlos gab, weil am nächsten Tag eine Klassenarbeit fällig war, von der er annahm, er würde sie verbimsen, mahnte sein Vater: „Nun kneif die Hinterbacken zusammen! Da mußt du durch!" Vielleicht würde ihn „Kneif deinen Arsch zusammen!" mehr anspornen, ein Ausdruck, der Kraft gab. In seiner Eigenschaft als Übersetzer mußten Vater auch schlüpfrige Ausdrücke vertraut sein, doch mied er sie wie morastige Stellen im fürstlichen Sumpfwald, wo sie Hand in Hand nach dem Dauerregen warmer Tage Birkenpilze, Hallimasch und Täublinge suchten. *Arsch* aus Toms Mund klang vor Kraft strotzend. Wie der zischende Hieb seiner Lederriemen über die Beine.

Am Hexenteich saßen bereits zwei Jungen. Sie waren tropfnaß vom Schwimmen und vertrieben sich die Zeit bei einem Steinchenspiel. Mit Drall ins Wasser geworfene flache Kiesel hüpften mehrmals auf der spiegelglatten Oberfläche, bevor sie versanken. „Ach nee!" rief der eine. „Kürschners Lederbübchen mit einem unbekannten Gespielen! Wie gewöhnlich ist er in die handliche Sorte Benjamin vergafft."

Tom trat schweigend langsam näher an sie heran und ballte die Fäuste.

Jig ließ seine Blicke herumflitzen. Tom kannte er inzwischen gut genug, um zu erkennen, daß ihm bei der Benjamin-Bemerkung nicht ganz wohl war. Unschlüssig schien sein Gefährte zu überlegen, ob der angesetzte Wassersport wegen Überfüllung des Badeplatzes besser zu verschieben sei.

Die Schwimmer raunten unverständlich miteinander. Dann standen sie auf. Unternehmungslustig ziepten sie am Gummiband ihrer nassen Unterhosen. Unversehens warf sich der Größere auf Tom. Der andere verstellte Jig den Weg. In Sekunden waren beide überwältigt. Tom ging zu Boden und Jig wurde so gemein im Schwitzkasten gewürgt, daß ihm einen Moment lang schwarz vor den Augen war.

Doch gleich setzten sich seine klaren Sinne wieder durch. „Du mußt sofort handeln", mahnten sie. „Bevor die Strolche euch weiterverarbeiten!" Jig fühlte, wie der Griff um seinen Hals schlaffer wurde. Sein Peiniger stand breitbeinig da. Jig schob sich fix in Position und knallte ihm das Knie tief zwischen die Oberschenkel. Der Junge ließ augenblicklich von ihm ab. Aufjaulend sank er ins Gras.

„Hau ab, Jiggy!" brüllte Tom. „Lauf so schnell du kannst! Ich weiß mir schon zu helfen."

„Pitt, du Memme!" rief der Große. „Laß das Würstchen ja nicht entwischen!"

Aber bis der Getretene den gröbsten Schmerz überwunden hatte und sich hochstemmte, gewann Jig Vorsprung. Der andere spurtete hundert Meter hinter ihm her. Schließlich begriff er, daß er den Flüchtenden nicht einholen würde. Mit hocherhobenen Fäusten fluchte er wütend und drehte um.

Als nichts mehr zu befürchten war, lief Jig in weitausholender Schleife zu seinem Lieblingsplatz oberhalb des Hexenteichs zurück. Von dort konnte er das Gelände überblicken, ohne im Schutz des dichten Unterholzes gesehen zu werden. Der alte Steinbruch wirkte wie ein Schalltrichter. An einem windstillen Nachmittag war jedes Wort zu vernehmen.

„Mann, wie kannste dich von 'ner halben Portion so austricksen lassen!" Der Große schnaufte verächtlich. Er hockte auf Tom und preßte dessen Oberarme mit seinen Knien in den steinigen Boden am Teich. Tom war gegen das Gewicht und die starken Glieder des Fünfzehnjährigen machtlos. „Hab' noch ein Hühnchen mit dir zu rupfen, Lederbübchen. Das weißte ja wohl. Dafür kommste uns grade recht. Uns war schon langweilig."

„Scheiße auch, wenn ich deinen Freund erwische!"

zeterte Pitt. „Dem trete ich in die Eier, bis er wünscht, er hätte keine."

„Den kriegst du nie", sagte Tom. „Selbst wenn ihr Feiglinge zu zweit auf einen losgeht. Jig ist viel zu flink für euch. Und anders als ihr hat er Köpfchen."

„Aber dich ham wir! Hörste das, Rob? Was der für 'ne Lippe riskiert? Was machen wir mit ihm?"

„Ins Wasser schmeißen! Was sonst?" Der große Junge lachte. „Mit gelähmten Flossen. Damit er's nicht zu sehr genießt. Oder uns auch durch die Lappen geht. Haste Strippe mit, Pitt?"

„Glaub' nich." Pitt vergewisserte sich, daß er keine mithatte. „Egal. Ledermeisters Sohn hat einen stabilen Gürtel um. Der tut's genauso."

„Dann zieh ihm das Höschen runter und schnall die Füße zusammen", befahl Rob. Er rutschte auf Toms Körper weiter vor, verstärkte den Druck auf die Arme und vereitelte jeden Widerstand des Gefangenen mit einem brutalen Griff in seinen Haarschopf.

Tom schloß angewidert die Augen. Wie schmachvoll, in dieser Position zum Stillhalten verurteilt zu sein! Mit schmutziger Unterwäsche vor der Nase.

Es sollte noch schmachvoller werden. Pitt jauchzte auf: „Na, so was! Kiek mal – das Lederbübchen hat keine Unterhose an!"

„Dann schmeißen wir Bubi eben nackig ins Wasser!" Rob feixte. „Darfst ihm vorher in die Nüsse hauen. Sippenhaft nennt man das. Einer, den man in der Mache hat, büßt für den, der abgehauen ist."

Pitt durchsuchte Toms Hosentaschen. „Typisch Lederbubi! Schleppt lauter Riemenkram rum. Mann, damit können wir den wie 'ne Hexe von anno dicke Milch binden. Und zugucken, wie er brav untergeht." Plötzlich pfiff der Junge laut durch die Zähne. „Ich glaub's ja nicht! Hat man da noch Töne? Richtige Handschellen! Wie bei der Polente."

„Sag bloß!" staunte Rob. „Zeig mal her!"

Jig in seinem Ausguck hielt den Atem an. Was sollte er tun, wenn sie ihn tatsächlich ins Wasser schmissen? Wäre er an Toms Stelle, würde er nicht so ruhig daliegen, als ginge es ihn nichts an.

Der sagte mit matter Stimme: „Ihr blöden Feiglinge! Macht mich fertig, wie ihr wollt. Nur nicht mit den Dingern! Es gibt keinen Schlüssel dafür."

Jig sah die Szene in der brütenden Nachmittagshitze deutlich wie damals vor sich. Er abwartend im Gebüsch liegend, Tom hilflos am steinigen Ufer des Hexenteichs. Ein Quälgeist auf ihm hockend, der andere albern herumtanzend. Mit Onkel Pauls Handschellen in der Faust. Die in der Sonne blitzten wie jetzt zweifellos seine eigenen. Könnte er sie denn blitzen sehen. Höhnisch blitzend mit dem Spruch: „Kommst uns gerade recht, Jungchen! Uns war schon zum Gähnen langweilig."

7

Sie waren noch da, kein Zweifel. Die Beweglichkeit hemmenden stählernen Schellen, die seine Handgelenke eng umschlossen. Rein technisch handelte es sich um die simple Konstruktion zweier per Kettenglieder miteinander verbundener höchst einfacher Schnappschlösser in elliptischer Form. Ein Mechanismus analog zur Besenkammertür, hinter der Tom eingesperrt worden war. Zack! zu war sie. Von innen nicht zu öffnen. Bei ihm zu Hause hatte es keine Besenkammer gegeben, und er wäre auch nicht eingesperrt worden, so wenig wie man ihn je geschlagen hatte. Die gewöhnliche Strafe war das Stillstehen in der dunklen Flurecke gewesen, eine halbe Stunde oder auch mal eine ganze, wobei er über seine Verfehlungen nachdenken sollte. Das äußerste Strafmaß hatte es für verbale Entgleisungen frecher und respektloser Art gegenüber seinen Eltern gegeben. Als er noch kleiner gewesen war. Dann war er ohne Abendessen früher als sonst ins Bett geschickt worden, dies bei Lichtentzug durch den heruntergelassenen Rolladen am Fenster und aus der Lampe geschraubter Glühbirne. Irgendwann hatte er entdeckt, daß diese Art staubtrockener Bestrafung mit dem Zusammenbinden der Hände unter der Bettdecke eine wie Brausepulver prickelnde Zutat erhielt. Damit hatten unterhaltsame Spiele mit sich selbst begonnen, die nichts außer einer Kordel und etwas Geschicklichkeit erforderten.

„Tom, bindet dein Vater dich zum Verhauen?"

„Sag mal – spinnst du?" Tom hatte ihm an die Stirn getippt und dann die Hand wild schlenkernd gekühlt, als ob er sich verbrannt hätte. „Das dürfen Eltern mit ihren Kinder doch nicht machen! Wäre ja... Freiheitsraub!"

„Und was glaubst du, ist die Besenkammer? Von außen verschlossen. Aus der du nicht raus kannst."

Darauf hatte Tom keine Antwort gewußt.

Stationär Gefangenschaft am Stamm einer Steineiche gewählt zu haben, war ein Akt unüberlegter und unverantwortlicher Freiheitsberaubung an sich selbst. Seit er in seinen nassen Blue Jeans dasaß, wurde ihm klar, daß er in dieser Situation fraglos umkommen konnte. Es wäre möglich, der Kreislauf käme wegen der grotesk gestreckten Arme ins Stocken, bevor in zwei Tagen eine reale Chance auf Hilfe bestand. Es amüsierte ihn, daß beim Gedanken, das Nirwana rufe bereits zur Reise ohne Rückkehr, sein Schwanz erwachte und die Murmeln spürbar erwogen, eine Ladung abzuschießen, ehe denn alle Reizimpulse in den Nervenbahnen gekappt würden. Oder es lag an den zu engen Jeans, Levi's in der Größe von neunundzwanzig Zoll Bundmaß. Tom hatte gleich intuitiv erspürt, daß er alles am Körper eng anliegend liebte. Dessen kurze Lederhose hatte er zwei Jahre lang getragen, bis sie fast aus den Nähten geplatzt war und er in ihr als großer Junge von fünfzehn ein bißchen anstößig wirkte. In Madrid begegnete man niemandem in Lederhosen. Shorts aus Leinen waren kleinen Jungen vorbehalten. Jugendliche trugen auch an sehr heißen Tagen lange Hosen.

Wie er Tom am Hexenteich zum ersten Mal nackt in Feindeshand gesehen hatte, war sein Spielgefährte ihm vorgekommen wie ein tapferer Indianerjunge aus den Lederstrumpf-Geschichten des James Fenimore Cooper. Vor zwei Angreifern, beide älter und kräftiger als Tom, war es nur klug gewesen zu kapitulieren, und er, Jig, hatte genauso klug abgewartet, was geschehen würde, ohne sich zu zeigen.

Pitt fand schnell heraus, daß man zum Anlegen der Handschellen gar keinen Schlüssel brauchte. Er teilte es seinem Spießgesellen mit.

„Damit bescheren wir ihm 'ne granatenmäßig sichere Verpackung. Verschnür ihm zuerst die Füße!" befahl Rob. „Nicht mit dem Gürtel! Den kriegt er zu leicht auf. Nimm so 'n Riemen."

Damit wurde Pitt schnell fertig.

„Haste das richtig fest verknotet?"

„Hoho, kraß!" bestätigte Pitt. „Da hat der lange dran zu fummeln."

Endlich erhob sich Rob von dem Jüngeren und riß ihn rüde hoch. Schnell wurde Tom ein Arm so grob auf den Rücken gedreht, daß er den anderen klugerweise von selbst hergab.

Jig vernahm das Zuklicken der Handschellen deutlich zwischen Insektengesumm und einem über dem Hexenteich hämmernden Specht. Ein kleiner Schubs von Rob genügte, und Tom lag wieder im Gras. Rob und Pitt zogen ihr nasses Unterzeug runter und streckten sich in einiger Distanz von ihrem Opfer aus. Sie zischelten gestikulierend. Jig hatte noch nie drei splitternackte Jungen auf einem Fleck gesehen. Er spürte Eifersucht, gepaart mit Neid. Sogar einen gewissen Ärger auf Tom, der in diesem Abenteuer trotz seiner Hilflosigkeit aktiv wirkte, während er zum bloßen Zuschauer degradiert war. Obgleich Rob und Pitt mit feuchten Haaren und unbekleidet ganz anders aussahen als eine Woche zuvor, erkannte Jig sie als jene, die mit Elli, der Amazone, dagewesen und in den Felsen rumgestiegen waren. Nur die Wäscheleine hatten sie heute nicht mit.

Nach einer Weile schlüpften Rob und Pitt wieder in Hemd und Hose und schnallten ihre Jesuslatschen an.

Rob sagte: „Wir machen uns vom Acker, Lederbubi. Streng dich an, dann wirste die Füße schon flottkriegen. Und komm besser nicht auf den Gedanken, bei Pappi zu petzen! Pitt und ich ham gesehen, wie du dich selbst nackig ausgezogen und eingewickelt hast. So 'n Spinner würde in deinem Verein bei die Pfadfinder ziemlich einsam dastehen. Falls wir das verbreiten täten." Warnend hob Rob den Zeigefinger. „Kapiert? Hören wir nur den kleinsten Mucks von dir, schmeißen wir dich das nächste Mal in den tiefen Teich. Wirste klarerweise genauso von selber reinplumpsen. Kann böse enden, so was."

Hämisch lachend weideten die beiden sich an dem Gepeinigten. Pitt kniete sich hin und spendierte Toms Füßen noch etliche Knoten. „Haste bis Sonnenuntergang was zu knibbeln, Blödmann."

Jig sah Tom wieder und wieder den Kopf schütteln. Sagen tat er nichts. Er wartete geduldig, bis die Unholde gegangen waren. Lauschte dann offenbar, ob sie tatsächlich die angekündigte Fliege gemacht hatten.

Schließlich setzte er sich schräg auf, stützte sich mit einem Ellbogen ab und schob die zusammengeketteten Arme über Hintern und Hüften. Beim ersten Versuch, sie auch über die Füße zu kriegen, fiel er auf die Seite. Beim nächsten Anlauf schaffte er es. Mit den Händen vorn würde er die Fußfesseln leichter lösen können.

Jig hatte hingerissen den Durchsteigetrick betrachtet. Geräuschlos verließ er seinen Zufluchtsort. In Spähermanier überzeugte er sich, daß die Luft rein war. Die Turnschuhe baumelten um seinen Hals. Der Junge war stolz darauf, barfuß über Stock und Stein so rasch vorwärts zu kommen wie andere auf ebenem Boden.

„O Mann!" rief er Tom entgegen. „Ich dachte, die schmeißen dich wirklich ins Wasser. Und ziehen dich erst halbtot wieder raus."

In rügendem Ton erwiderte Tom: „Damit droht man nur. Tun würden das selbst solche Arschlöcher nicht." Aber er war sich nicht sicher, ob Feiglinge der Arschlochsorte Rob und Pitt es nicht doch tun würden. Nur so zum Spaß. Erinnernd bewegte er die Hände. „Los, rück den Schlüssel raus!"

Jig zog theatralisch den Kopf zwischen die Schultern und neigte den Kopf zu Boden. „Ähm – das ist jetzt affenblöd! Weiß gar nicht, wie ich's dir beibringen soll. Den hab' ich verloren. Und ich hab' nicht die geringste Ahnung, wo."

Er blickte in die lichterfüllte Baumkrone der Steineiche und stöhnte hoffnungslos. Die winzigen Schlüssel benahmen sich wie Springflöhe eines Flohzirkus. Im Grunde gehörten sie selbst in Ketten gelegt. Verzagt rüttelte er mit aller Kraft an den eigenen. Wie um sein Gezappel zu bestrafen, klickte es. Die Schelle um die rechte Hand war schon zu eng gewesen. Nun hatte sie noch einen Zahn zugelegt und machte richtig Druck. Zynisch überlegte er, wären die Bügel scharf wie Messer, würden sie bei weiterem Zuschnappen irgendwann die Pulsadern aufschneiden. Dann bliebe ihm gerade noch so viel Zeit, ein Dankgebet für sein kurzes, aber wundervolles Leben zu sprechen. Ganz zuletzt würde er wütend den Hinterkopf gen Himmel recken und seine grenzenlose Einfalt verfluchen.

„Sitz ruhig!" mahnte eine Schelle. „Oder wir müßten in Erwägung ziehen, dir ernsthaft weh zu tun."

„Ein germanischer Zappelphilipp", sagte die andere. „Die haben Quecksilber im Po."

Er hörte sein Herz laut klopfen wie den weit entfernten Specht. Sich auf diese Weise die Pulsadern aufzuschneiden, würde nicht klappen. Waffenfabrikanten waren paradoxerweise keine Meuchelmörder. Eher könnte er durch heftiges Gestrampel körperliche Überanstrengung inszenieren und das Herz außer Takt bringen. Bis es gewissermaßen den Faden verlor und verwirrt stillstand. Dann brauchte er sich nicht tagelang qualvoll von einem stählernen Geschwisterpaar foltern zu lassen. Bei dem Gedanken ließ er den Kopf auf die Brust sinken. Er mußte den Tatsachen ins Auge blicken. Rechtzeitig finden würde ihn niemand.

Ihm kam vor, in der Nähe gluckerte es beständig, ein Geräusch, das er zuerst nicht wahrgenommen hatte. Von einer Quelle? Gleich wurde ihm bewußt, daß er panisch durstig war. Er hatte beim Frühstück nur ein Glas Wasser zum Kaffee getrunken, bei weitem zu wenig angesichts dessen, was er normalerweise trank. Weil ihm über der Gier, möglichst zügig an sein Vorhaben zu gelangen, der gesunde Hausverstand abhanden gekommen war. Auch am Hexenteich gab es eine Quelle. Sie sprudelte im Winkel, wo man das Klettern üben konnte. Allerdings verkam sie bei längerer Trockenheit zu einem Rinnsal. Zum Haare waschen reichte es nicht. Tom hatte oft davon gefaselt, ihn darunter an den Wurzeln einer verkrüppelten Kiefer festzubinden. Die Wasserfolter. Dazu war es nie gekommen. Jig fragte sich, ob Tom die Idee nicht nur geäußert hatte, weil er liebend gerne selbst dort mit Händen und Füßen angebunden worden wäre. Unter stetigen Wassertropfen, die nach längerer Zeit wie Steinschlag auf den Körper prasseln würden.

„Hör' ich richtig?" brummte Tom ärgerlich. „Ich vertraue dir was an und du verlierst es?"

„Ja, Sir. Guter Rat ist teuer! Der Schlüssel ist futsch." Jig machte sich an Toms Füßen zu schaffen. Die Knoten in den Riemen waren wüst verschlungen und hart wie Kirschkerne.

Tom sah seinen Freund entsetzt an. „Soll ich etwa in dem Stahlkram nach Hause latschen?"

„Äh – tja ..." Jig hatte sein Schweizer Taschenmesser aufgeklappt, um den Riemen zu zerschneiden.

„Heh!" schnauzte Tom ihn an. „Benutz gefälligst deine Krallen und knüpf das auf! Glaubst du, ich schnitze eine halbe Stunde 'ne schöne Lederschnur zurecht, damit du sie in Sekunden kaputt schneidest?"

„Ist ja gut", sagte Jig beschwichtigend. Doch mit den Fingernägeln war den Knoten nicht beizukommen. Er ließ die Klinge einschnalzen und klappte statt derer den Stichel aus. Unter Toms tadelnden Blicken lockerte er vorsichtig den dünnen, geschmeidigen Riemen.

„Nun siehst du's selbst! Ohne Werkzeug kommt man da von allein nicht raus."

„Ja, Sir." Jig verstaute das Schweizer Messer in der Hosentasche. „Huch!" rief er. „Da ist ja der Schlüssel! Vorhin kam mir vor, da wäre ein Loch in der Tasche."

Tom musterte Sir Elges Sohn mißbilligend. „Jetzt schlägt's dreizehn! In meinen Lederhosen, alt oder neu, gab es noch nie Löcher. Du willst mich wieder mal verarschen, was? So wie du die beiden Feiglinge verarscht hast. Hab' ich mir gleich gedacht, daß du da oben auf eine Gelegenheit lauern würdest."

Verarschen... Noch nie gehört. Nach den gegebenen Umständen erfaßte Jig den Sinn. Seine Mutter sagte: vergackeiern. Es bedeutete, jemanden an der Nase herumzuführen.

Tom legte sich auf die Seite. „Jig, mich hat was gestochen. Tut höllisch weh. Wohl 'ne Biene. Linke Pobacke. Sieh mal nach, ob der Stachel noch steckt."

„Ach du meine Güte!" Jigs Herz hüpfte vor Freude. Toms hübschen Hintern berühren dürfen! Welcher Vertrauensbeweis! Und dann war er stolz darauf, den Stachel entfernt zu haben, ohne daß er abgebrochen war.

Endlich kamen die Jungen zu ihrem Badevergnügen. Zu Toms Erstaunen erwies sich Jig als der weitaus fähigere Schwimmer. Ohne Angst vor Wassernixen, die sie in die Tiefe zögen. „Ich spiele Nixe", gurrte Tom. „Laß dich in meinen Armen betören." Fix umklammerte er den Hals seines Kameraden.

Aber Jig entwischte sofort wieder. Flink schoß er um Tom herum. Bis er dessen Kopf zwischen seine Schenkel klemmen konnte. Eisern die Muskeln anspannend, hielt er ihn unter Wasser.

Tom wurde die Luft knapp. Unwillkürlich schlug er wild um sich, bis Jig hochzufrieden von ihm abließ.

In der heißen Nachmittagssonne wurden sie rasch wieder trocken. „Wie man sich irren kann. Du hast allerhand drauf", sagte Tom anerkennend. Sein Respekt vor dem *Kleinen* wuchs. „In so einer Beinschere kann man ersaufen. Weißt du das überhaupt?"

„Man kann sogar das Genick gebrochen kriegen." Jig schlug sich übermütig auf die Schenkel. „Du liest zu viele miese Comics. Deshalb denkst du oft an so was."

„Weiß nicht, weiß nicht", sagte Tom. „Ich hab' dich falsch eingeschätzt." Sie lagen nebeneinander auf dem Bauch und schauten sich in die Augen.

„Kann mich durchaus wehren", sagte Jig. „Bin aber nicht so stark wie Jungs normalerweise."

Der ruhige Blick, mit dem Jig seine Aussage bekräftigte, machte Tom verlegen. Er wandte den Kopf zur Seite. Schließlich platzte er heraus: „Wieso hast du auch keine Unterhose an?"

„Ist ja nicht deine Erfindung", erwiderte Jig vergnügt. Er wollte mit Tom in ihren Intimitäten gleichziehen. Möglichst bei allem. Seit er herausgefunden hatte, daß Tom nicht ein halbes Jahr älter war, sondern grade mal drei Monate. Genau genommen elf Wochen.

Als sie sich anzogen, fragte Jig: „Wollten die vorhin einfach nur raufen? Oder hatten sie mit dir tatsächlich ein Hühnchen zu rupfen?" Ihn erstaunte, daß Tom den Überfall so gelassen hinnahm und keinen Kommentar abgab. Anscheinend waren bei Geländespielen der Pfadfinder solch rauhe Methoden gang und gebe. Zwei Jungs durften auf einen losgehen, sobald es darum ging, Gefangene zu machen. Er schob nach: „Die waren neulich am Hexenteich. Mit einem Mädchen. Hatten sie da auch auf dich gewartet?"

Das Thema behagte Tom nicht. Zwei Blödmänner hatten ihn vor den Augen seines neuen Gefährten tief gedemütigt. Sie würden es womöglich aufbauschen und rumquatschen. Gequält fuhr er sich durchs Haar. „Das weißt du ja – mein Vater führt 'ne Pfadfindergruppe. Ich bin schon lange dabei. Rob war es auch. Von klein auf. Bis Vater ihn vor kurzem rausschmiß."

„Warum?"

„Na ja – er hat Schweinereien gemacht."

„Was für Schweinereien?"

Tom seufzte. Er wollte Jig die Pfadfinder schmackhaft machen. Jig und er in einem Zelt, das war sein ersehntes Ziel. Rob und dessen Stiefellecker Pitt waren Störenfriede in diesem Plan. „Schweinereien eben."

Jig sah forschend zur Seite. Aber Tom hatte das Gesicht abgewandt. Also besser nicht tiefer bohren. Ihm war aufgefallen, daß Tom sich kaum gesträubt hatte, als Rob auf ihm drauf saß. Er hatte die Sportskanone Tom oft mit anderen Jungs in der Klasse raufen sehen, auch mit Stärkeren. So gelassen eine Niederlage hinzunehmen, paßte nicht in das Bild. Ein geradezu entspannter Tom. Als hätte es ihm irgendwie Spaß gemacht. Vage blitzte in seinem Verstand eine Verknüpfung auf: Es konnte mit etwas zu tun haben, was man nicht tat, Rob mit einem wehrlosen nackten Körper aber eben doch. Tom würde wissen, was draus werden sollte – er, Jig, hatte keinen Schimmer, welches Spiel sich da lockend anbot. Vielleicht sollte er mehr schlechte Bücher lesen. Solche, von denen seine Mutter zu sagen pflegte: „Literatur, die an das Niedere im Menschen appelliert." Gar nicht ganz uninteressant, das Niedere. Er gestand sich ein, daß Rob und Pitt ihn im Grunde faszinierten. Gerade deshalb, weil sie beim Raufen rücksichtslos mit Gemeinheiten punkteten.

„Jig!" mahnte Tom. „Wir sind nun ganz unter uns. Gehen wir wieder zur Tagesordnung über." Diesen Satz

benutzte sein Vater vor der Gruppe, wenn ein außerge-
wöhnlicher Punkt besprochen und abgehakt war, und die
Formulierung gefiel Tom.

„Was –?"

„Hattest du nicht hoch und heilig versprochen, dich
heute hemmen zu lassen?"

„Ich? Wieso ich?"

„Heh – weil du mich vor Onkel Paul geohrfeigt hast
wie ein Preisboxer! Mann, du hattest mich fast umge-
hauen! Hast du's vergessen, Jiggylein?"

Hatte er das vergessen gehabt? Er wußte nur noch,
irgendwie hatte ihm oben am Hexenteich der Schwung
gefehlt, Versprechen einzulösen, wenigstens vorüberge-
hend. Im Hier und Jetzt verspräche er hoch und heilig,
Handschellen auf ewig nie wieder anzurühren, ja, nicht
mal anzusehen, würden die Zwillinge *Llama* aus dem
Baskenland ein einziges Mal in ihrer eisernen Existenz
eine Ausnahme machen und ihn, allen physikalischen
Gesetzen gröblich zuwiderlaufend, freilassen, wie immer sie es anstellten. Bei einem abnormen Bruch der
Sperrklinke könnten sie sich mit einem Materialfehler
herauswinden, ohne ihre Autorität zu verlieren. Mit Señora Steineiche würde er sich wegen des Mietpreises für
die verflossenen Stunden schon einig werden.

„¡Socorro...!" Wahrhaftig kein Ruf wie Donnerhall.
Die Vögel lauschten einige Momente, bevor sie ihr Ge-
schnatter fortsetzten. Auch der Specht, der mittlerweile
in der Nähe tätig war, legte eine Pause ein. Dann hämmerte er gleichmütig weiter. Die *Llama* ulkten: „So ein
netter Junge! Kann einem fast leid tun. Sich mit uns Lu-
dern einzulassen."

Nun hörte Jig ganz deutlich Wasser glucksen. Wahrscheinlich war leichter Wind aufgekommen, der das Ge-

plätscher einer munter sprudelnden Quelle herübertrug.

8

„Tom, du verwechselst da was. Versprochen hatte ich nichts. Weder letzte Woche noch vorhin. Da hab' ich lediglich gefragt, ob man zum Hängen gebunden wird."

„Eben. Hab' ich dir lang und breit erklärt. Du sagtest: Möchte gern wissen, wie sich das anfühlt."

„Nee, hab' ich nicht gesagt! Jedenfalls laß' ich mir nicht die Luft abwürgen! Mir reichen schon deine heftigen Armklammern um den Hals. Wo du's drauf anlegst, daß mir schwindlig wird. Damit du leichtes Spiel hast."

Während dieses Disputs waren sie um den Hexenteich herum zur Quelle gegangen. Nach den Regenfällen der letzten Tage strömte üppig Wasser aus dem felsigen Boden. In Tom stieg Bitterkeit auf. Heftige Armklammern! Alle trampelten auf ihm rum. Weil er kräftig war und damit was anzufangen wußte. Ernüchtert und tief enttäuscht brummte er: „Ich merke, du willst mal wieder nicht. Hast doch Schiß vor mir." Dem überraschten Jig stopfte er die Schellen in eine Hosentasche, den Schlüssel in die andere. „Bin ja kein Unmensch, Jiggy. Geh nach Hause und spiel allein damit. Ich brauch' Bewegung! Ablenkung von einem Windlicht wie dir."

„Aber Tom –"

„Hör auf mit deinen Abers! Mir so den Nachmittag zu versauen... Verschwinde! Hau ab!" Behende kletterte Tom über die Felsvorsprünge empor. Ohne den Kameraden eines weiteren Blickes zu würdigen.

Jig standen Tränen in den Augen. Was nur war auf einmal in Tom gefahren? Was hatte er falsch gemacht? Bekümmert steckte er die Hände in die Taschen und trollte sich. Auch er mannhaft ohne Blick zurück.

60

Auf halbem Weg des Klettersteigs gab es eine Nische in den Felsen. Tom hockte sich hin. Er schluchzte. Das Wochenende mit Jig hatte er sich einträchtiger ausgemalt. Zehn Tage erst kannten sie sich näher, und schon war alles in die Binsen gegangen. In die Binsen um den Hexenteich. Schuld war seine Spinnerei, Gott und der Welt Fesselspiele einzureden. Sein Vater würde blöde Fragen stellen, wenn er ohne Jig Elge nach Hause kam. Jig war ein feiner Pinkel. Dagegen war er ein ungehobelter Klotz. Kohle hatte Jigs Familie keine, dafür massenhaft Bücher. Meterlange Regale mit Wörterbüchern. Da konnte sich so einer mit Sprüchen spielend rausreden. Hatte er nicht drauf. Er verwünschte den sanften Jig. Der ihn zum Heulen brachte, als wäre er ein Mädchen. Lustlos überwand er die restlichen Höhenmeter.

Über dem Steinbruch ließ er sich ermattet ins Gras fallen und schloß die Augen. War total mies gelaufen, der Nachmittag. Rob und Pitt waren schuld, daß Jig absprang. Noch konnte der Abend was bringen. Falls er auf die Schnelle jemand anders überredete, bei ihm zu übernachten. Aus der Klasse fiel ihm niemand ein. Und die Burschen von der Gruppe? Kamen sie wirklich aus freien Stücken zu ihm? Oder nur, um bei seinem Vater einen Stein im Brett zu haben? Der brachte die Pfadfinder nacheinander fürs Wochenende ins Haus. Weil er abseits vom Vereinsleben einen zuverlässigen Eindruck von ihnen gewinnen wollte. Auch Jig kam augenscheinlich wider Willen. Sir Elge hatte es angeordnet. So sicher wie beim Amen im Gebet würde Jig ihn verpetzen.

„Wie? Diese netten Leute laden dich ein, und du bist bereits wieder da?"

„Äh – ja, Sir."

„Was soll das, Sohn? Ich bemühe mich, dir den Zugang zu den Boy Scouts zu ebnen, und du..."

„Sir, diese Rübe von Sattlerbrut, Tom mit Namen, hat mir die Pfoten zusammengekettet. Er wollte mich in den Hexenteich schmeißen. Konnte mich in letzter Sekunde, Sir, dank Schlüsselklau und meiner schnellen Füße im Schweinsgalopp retten." Zum Beweis würde Jig Handschellen samt Schlüssel vorlegen. Tom sah die fettgedruckte Schlagzeile im Lokalblatt: „Dolmetschersohn entkommt gewalttätigem Lederbengel."

Etwas kitzelte an der Fußsohle. Tom zog das Bein zurück. Nach einer Weile kitzelte es am anderen Fuß. Und nochmals. Eine Eidechse? Würde sie ihn beißen...? Wachsam richtete sich der Junge auf.

Jig stand vor ihm, mit abwartendem, traurigen Lächeln. „Konnte nicht widerstehen", sagte er. „Hab' mir die aufregenden Dinger umgelegt. Nun kann ich sie nicht mehr runterkriegen."

Toms Kummer zerstob augenblicklich zwischen *aufregend* und *runterkriegen*. Und der angesammelte Zorn schmolz vor Jigs anmutiger Gestalt wie ein Stück Margarine in Bratkartoffeln. „Das kann jeder! Schlüpf eben durch", sagte er rauh, obwohl es zärtlich gemeint war. „Hast ja bei mir gesehen, wie's geht. Und ich hatte sogar die Füße gebunden." Alles in ihm jubilierte. Der Tag schien nicht ganz versaut. Er stand auf und wischte die Ameisen vom Körper. Dann erkannte er, was los war. Jig hatte sich eine Schelle über dem linken Ellbogen angelegt. In der anderen steckte die rechte Hand. Der linke Arm hing gelähmt herunter. „Nee, was dir alles einfällt!" sagte Tom schwer entzückt. „Bin ich noch nicht drauf gekommen. Da kannste nie raus!"

„Eben! So ein herkulisches Pärchen hat's in sich", sagte Jig. „Eigentlich wollte ich mich an einen Baum ketten, Arme nach hinten, Schlüssel in der Hosentasche. Klick, klick. Aber wie kommt man da wieder weg?"

„Gar nicht", sagte Tom. „Mach das niemals allein!"
Er befreite Jigs Ellbogen. „Mit mir als Wächter kann dir
nichts passieren. Willst du's gleich mal an deiner Eiche
probieren?"

Jig scharrte im Blaubeerkraut. „He, sieh doch! Die
haben ihre Wäscheleine vergessen!"

„Wer?"

„Rob und Pitt. Sind letzte Woche hier geklettert. Mit
einem Mädchen."

„Ach so –? Das war bestimmt Elli! Robs Schwester.
Die ist okay. Hat ein Auge auf mich geworfen", sagte
Tom stolz.

„Auf mich auch", setzte Jig mutig dagegen.

Ellis blaue Augen! Berauschend nahe dran war er gewesen, von ihr gefangengenommen zu werden. Wie hätte die Amazone ihn überrumpelt? Natürlich mit dem ge-
fährlichen Speer! In die Weichteile piekend, hätte sie
ihm klargemacht, wer das Sagen hatte. „Umdrehen und
Arme auf den Rücken!" Sogleich hätte sie seine Hände
verschnürt, dann die Arme eng an den Körper und mit
dem Rest der Leine die Knie. Sie hätte es wiederholt fester gezogen und x-mal zugeknotet, bis er in entzücken-
der Machtlosigkeit ihrem Willen ausgesetzt war, den
launenhaften Ausschreitungen eines Mädchens. Ganz
nahe wäre ihr Gesicht dem seinen gekommen... „Küß
mich, Murkshosiger!" Dreimal hätte er sie küssen müssen. Das war in Hellas Vorbedingung gewesen, um nach
gebührender Einkerkerung eine Freilassung zu erwägen.
In weiblicher Wut hätte sie seine löcherige Hose ganz in
Fetzen gerissen und einen Lappen als Trophäe behalten.
Später hätte sie den wichtigsten Knoten am Ende des
Stricks gelöst, damit er sich vor Einbruch der Dämme-
rung unter Aufbietung all seiner Geschicklichkeit selber
befreien konnte. Dann hätte er bis zum Dunkelwerden

warten müssen, um sich, spärlich nur mit einem Hemd bekleidet, nach Hause zu stehlen. Amazone oder nicht – hatten Ellis blaue Augen tatsächlich auf ihm geruht? Auf einem so schwächlichen Jungen?

Angesichts der verpaßten Gelegenheit fragte sich Jig, ob Toms hellbraune Augen noch auf ihm ruhten. Ob nicht der Befehl *Geh nach Hause spielen* zwar für kurze Zeit ausgesetzt, aber weiterhin in Kraft war. Wie wäre Tom zu bewegen, ihn gänzlich zurückzunehmen? Drei männliche Küsse würden bei einem waschechten Jungen zweifelsohne Abscheu bewirken. Despotischer Zwang könnte Toms Willen brechen, peinliche Befragung nach Art früherer Gerichtsprozesse, da der Delinquent alles zusagte, damit es nicht weiter weh tat. Tom die Finger umbiegen, bis sie knackten. Ach, er wollte einfach nur wieder mal Toms Hände in seiner Hand haben, Hände, aus denen Kraft floß, die er dann in sich zu spüren glaubte. Er wollte Tom die Hände so verflixt eng binden, bis die Finger sich wie Würmer am Angelhaken hilfesuchend krümmen würden. Dann konnte man mit dem Erpressen eines Geständnisses beginnen. „Ja, Jiggy, ja! Ich schenk' dir meine Hände. Werde künftig mit deinen vorliebnehmen. Nur bitte, bitte, laß meine Finger heil!" Jig durchmaß hingerissen seinen Einfallsreichtum. Welche Neigung zur Grausamkeit sich da in ihm auftat!

„Tom, darf ich dich mit der Leine bekannt machen?"

„Was...? Ah – ich weiß nicht. Mit Wäscheleinen stehe ich auf Kriegsfuß."

Auf Kriegsfuß. Jig nickte. Nicht gleich wieder entmutigen lassen! „Nichts gegen deine Lederriemen. Aber sie sind zu kurz für ein zweckmäßiges und haltbares Stillegen deiner aufmüpfigen Gliedmaßen. Oh! So gern wünschte ich dich meinen mädchenhaft zarten Gewalttätigkeiten auszusetzen."

Klang wie Musik in Toms Ohren. So wie Jig Wörtern Lebendigkeit einzuhauchen verstand, war es kein Wunder, daß er in Deutsch eine Eins nach der anderen abräumte. „Ich war heut' schon dran", beschied er, um seinen Protest warm zu halten. „Außerdem ist der stinkige Rob auf mir rumgerutscht. Das Ferkel wäscht sich nie."

Das sah Jig ein. Toms Zuneigung konnte er später noch ausloten. Er gab sich einen Ruck. „Also gut, Tom! Dann eben ich. Du darfst mich hängen. Oder sonst mit mir anstellen, was du willst. Ich wehr' mich nicht."

„Du sollst dich wehren! Auch wenn es nichts nützt."

Jig überlegte, ob man sich, zum Hängen verurteilt, statt der Henkersmahlzeit ausbedingen könnte, Methode und Material der Fesselung zu wählen. „Hab' meine eigenen Handschellen mitgebracht, Sir. Die wollen mich so oder so um die Ecke bringen." Er stutzte. Phantasien zum Freitod hatte man in der Sturm- und Drangphase. Zwischen sechzehn und achtzehn. Ereilten ihn die Aussetzer in der Lebenslust spät mit Ende zwanzig?

Er legte den Kopf in den Nacken und blickte am Baum empor. Dort baumelte leider kein Strick. Denn es wäre barmherziger, sich so weit hochzustemmen, wie es seine Position erlaubte, und den Hals in eine bereit hängende Schlinge zu stecken. Dann den Kopf nach rechts und links und nach vorne beugen, hin und her ruckend, bis die Schlinge sich zugezogen hätte. Ließe er sich fallen, wäre in Sekunden alles ausgestanden.

Die Quälgeister hinter seinem Rücken, die er bestellt und bezahlt hatte, konnte er nicht sehen. Gallig lachte er auf. Leichtfertig hatte er einen Vertrag für buchstäblich handfeste Folter abgeschlossen. Die fragwürdige Logik der Rücktrittsklausel hatte ihn in falscher Sicherheit gewiegt: *Der Einzuschließende darf den Einschluß jeder-*

zeit widerrufen, indem er die zum Einschluß erforderlichen Geräte mit den ihm überlassenen Schlüsseln unwirksam machen kann. Klang wie aus dem albernen Regelkanon, den Tom und er für ihre Spiele ausgeheckt hatten. Nein, er war kein Idiot. Doch war er durch zu lange Schulbildung und Überfütterung mit den schönen Künsten ein Träumer geworden. Einer, der nach dem Aufstehen ein halbes Dutzend Tassen Kaffee brauchte, um der Realität des Tagesgeschäftes gewachsen zu sein.

Gewiß – er, Jig Elge, war hinsichtlich seiner körperlichen Entwicklung immer ein Spätzünder gewesen. Der frühreife Tom hatte auf ihn in keiner Weise abgefärbt. Aber wieso, um Himmels willen, fing er jetzt an, wie ein waghalsiger Halbwüchsiger an den Baum gekettet, Todesgefahr zu provozieren? Lebte er nicht vergnügt dahin? In einem interessanten Job verdiente er erstmals soviel Geld, daß am Monatsende etwas übrigblieb.

Tom raunte ihm zu: „Weil du niemanden hast, der zu dir steht, reizender Jig. Im Bett keine Braut. Da liegt noch dein Teddy. Ist das für dich wahres Leben?"

Düster dachte er an Toms wahres Leben. Tom und seine unaufhörlichen Mädchengeschichten, von denen er generös mit ausschmückenden Worten Einzelheiten zum Besten gab. Das hatte beim Vierzehnjährigen in der Penne angefangen. Stets war er Primus inter Pares unter wenigen Jungs gewesen, die in puncto Mädchen mit vorgeblichen Erfahrungen den Ton angaben. Mit knapp neunzehn hatte er geheiratet. Die Eltern hatten ihn nur widerwillig für volljährig erklären lassen, da bereits ein kleiner Tom unterwegs gewesen war, eine Falle mit unsichtbaren Gittern ohne Schlupfloch. Wenige Tropfen einer Tinktur, altbewährt wie die Welt, hatten den Besitzer gewechselt. Durch das simple, schwitzige Aufeinander zweier Körper schnappte ein Schloß zu, ähnlich verläßlich wie die stählerne Sperrklinke in Handschellen.

9

Er war nie dahinter gekommen, welche Phantasien den glühenden Jüngling Tom verstört haben mochten. Eine Vision hatte Tom im Alter von achtzehn so durch die Blume verraten. Als sie eines Abends nach Hannover gefahren waren, sich das Einpersonenstück von Samuel Beckett, *Krapp's Last Tape*, anzusehen. Ein Einakter um einen erfolglosen, verschrobenen Schreiberling.

„Weiß nicht, weiß nicht", hatte Tom später in einer Kneipe überlegt, da sie mit Budweiser und einem Klaren vor sich an der Theke saßen. „Kommt mir vor, als hätte ich das schon erlebt. Das Chaos auf dem Schreibtisch, die vollgestopfte Bücherwand, das ständige Gequatsche. Nur die zerknitterten Flatterhosen und der mottenzerfressene Pullover passen nicht. In Lederhose und kurzärmeligem Hemd oder T-Shirt würde der Typ gleich viel sympathischer wirken." Unverhohlene Vergleiche, auf ihn, Jig, abzielend. Daß er in der Schule glatt durchkam, legte Tom ihm als Strebern aus, Jig ein Streber, der für Mädchen und Minnedienst keine Zeit hatte oder keine Zeit haben wollte. „Laß mich kurz ein Drama entwerfen, das drei Rollen in einer Person vereint: Richter, Henker und den Verurteilten. Im Grunde absurdes Theater. Beckett's im Alltag erfolgloser Typ könnte es für sich ausdenken, sobald er das bedrückend stickige Zimmer mal satt hätte. Ich setze diesen... Wie heißt er gleich?"

„Krapp."

„Genau. Wir setzen Krapp in die zweite Person, damit es anschaulicher wird. Bitte!" Beschwichtigend hatte Tom die Hände gehoben. „Mit dir, mein Junge, hat das absolut nichts zu tun. Du bist zwar oft von ähnlich

67

ermüdender Langeweile wie Krapp und dessen stunden-
langes Gelaber, doch lebensmüde bist du nicht. Gut. Wo
fangen wir an? Richtig...! Ort: Dunkler Wald. Zeit: Zwischen vor zweitausend Jahren und heute. Handlung: Die
sinnlose Freiheit des modernen Individuums wird gemäß
dem Geist des Absurden durch den Kakao gezogen. Der
einzige Akt beginnt beim umständlichen Wickeln und
Knüpfen einer Schlinge mit Henkerksnoten, wie ich es
dir beibrachte. So zum Einstimmen. Den dicken Strick
wirfst du über einen Ast, der dein Gewicht dreimal aushalten würde. Befestigt wird das andere Ende an einem
entfernt stehenden Baum. Wärst du nun dein eigener
Henker oder nicht – die Festigkeit gehört pflichtgemäß
überprüft. So wie ich dich ermahnte, unsere Riemen fürs
Spielen durchzuchecken. Klammere dich an die herab-
hängende Schlinge und mach einige Klimmzüge, dabei
hin und her pendelnd. Die Länge des Seils ist äußerst
sorgfältig zu bemessen. Nach Zuziehen der Schlinge um
den Hals sollst du langgestreckt dastehen müssen. Ohne
Raum zum Rumhampeln. Weil es jetzt kein Spiel mehr
ist. Du verliest das Urteil. Ein letzter Blick auf die Welt.
Streif dir die schwarze Kapuze über und binde sie zu.
Die Dunkelheit bereitet dich auf Ewiges vor. Du mur-
melst: „Eine Minute für letzte Worte." Kannst dir natürlich fünf Minuten gewähren, um wankelmütig zu erwägen, den ganzen Hokuspokus abzubrechen. Denn jenseits des Waldes wartet auf der Chaussee die Kalesche,
die dich erneut in dein bisheriges Leben zwängen würde. Noch könntest du die Kapuze wieder abstreifen, die
Schlinge lösen, Knie und Füße losbinden. Aber stets
warst du ehrlich zu dir. Du weißt, das Urteil ist von allen
Instanzen geprüft und bestätigt worden. Es läßt keine
weitere Berufung zu. Auch sind alle Gesuche für einen
nochmaligen Aufschub erschöpft. Deine letzten Worte,

mein Junge, sind von klassischem Format: *Wanderer,*
kommst du nach Sparta, verkünde dort, du habest mich
stehen gesehen, wie das Gesetz es befahl. Nun legst du
die Patschen auf den Rücken. Das rechte Handgelenk
steckt bereits in einer Handschelle. Jetzt das andere Gelenk – klick, klick. Schieb die Schellen von der Handwurzel weit hinauf über Elle und Speiche. Drücke sie
zu. So knalleng, daß sie nicht mehr von der Stelle zu
bringen sind. Du sollst bis in die Knochen spüren, wie
du das Urteil an dir vollstreckst. Die Dinger aus rostfrei-
em Stahl von einem Solinger Fabrikanten lassen sich per
Knopfdruck verriegeln. Sind damit völlig blockiert. Das
wäre eigentlich überflüssig. Doch du bist bekannt für
deine romantische Ironie, da klingt das dünne Klicken
des Riegels wie Galgenhumor. Schlüssel hast du keine
mit. Wozu auch? Das gestrenge Scharniermodell erlaubt
keinerlei Gefummel. Du kämst gar nicht an die Schlösser heran, die auf der den Händen abgewandten Seite in
Richtung Ellbogen zeigen. Hast du je näher erforscht,
wie unser Skelett den Bewegungsradius der Arme hinter
dem Körper einschränkt? Ja, hast du! Und erinnerst du
dich an mein kunstfertiges Lähmen deiner Glieder in der
präzisen Fesselung im Hojojutsu-Stil der Samurai? Na?
Mit dem zwischen Hals, Handgelenken und Füßen ent-
lang der Wirbelsäule straff gespannten Würgeriemen aus
reißfestem Rohleder, der jeden Befreiungsversuch buchstäblich erstickt hätte? Siehst du – so! Auf den Rücken
gebundenen Pfoten verwehrt die Anatomie, eine um den
Hals gelegte Schlinge oder die alles verdunkelnde Kapuze loszukriegen. Also gib deinen letzten Gedanken Aus-
lauf in die Ewigkeit und vergeude sie nicht mit Gebettel
auf Hilfe. An abgelegener Stelle auf Godot warten? Lä-
cherlich! Der Typ – wie hieß er noch?"

„Krapp."

„Richtig. Ach, wie schön – ich merke, du hängst gebannt an meiner Schilderung... Krapp hat längst begriffen, Godot existiert nicht. Und niemand sonst wird kommen. Wird Krapp Schneid haben, sich aus freien Stükken fallen zu lassen, bevor das Gestammel des Körpers einsetzt? Bevor der Geist zu selbstbemitleidenden Tränen aufruft? Ein starker Geist, der naturgemäß den Willen zum Weiterleben kundtut. Wie auch immer, Jiggy, irgendwann sacken dem Typ vor Entkräftung die Beine weg. Das ist so sicher, wie ich pissen gehen muß."

Tom hatte in der Kneipe am Kröpke sein viertes oder fünftes Bier ausgetrunken und war aufgestanden. „Hoppla! Halb eins... Auf geht's, mein Junge! Wir wollen doch nicht die letzte Fahrmöglichkeit in unser Provinznest verpassen. Im Zug ist ja auch eine Toilette. Bis dahin halt' ich noch durch."

10

Eine Stunde Fahrt mit dem Lumpensammler, gezogen von einer Dampflok. Ruß flog in der Sommernacht durchs offene Fenster herein. Im überfüllten Zug mußten sie den größten Teil der Strecke stehen.

Als sie im heimatlichen Brackelstein über den Bahnhofsvorplatz gingen, sagte Tom gähnend: „Da wären wir wieder, mein Junge."

Jig war stehen geblieben und hatte Tom gebeten: „Sieh mir mal tief in die Augen!" Blitzschnell und mit aller Kraft hatte er ihm eine gezwitschert. „Reizender Tom! *Mein Junge* ist eine listige Umschreibung für *mein Kleiner!* Verbotene Worte, das weißt du. Den Lebenssaft hast du nicht für dich allein gepachtet."

„Oha, hast du neuerdings einen Schlag drauf!" Verdutzt rieb sich Tom die Backe. Im Nehmen war er erprobt, und einsichtig war er auch. „Ich werd' dich nicht wieder so nennen. Beim Bier lauf' ich schnell über. Wie Schaum im Glas. Alte Zeiten und das alles, weißt du."

„Weiß ich. War ein netter Abend. Gute Nacht."

„Heh...!" Tom ergriff ihn sanft beim Arm. „Magst du nicht ein paar Tage bei mir schlafen? Da doch deine und meine Eltern gemeinsam Urlaub machen?"

„Ja – warum nicht?" Jig hatte die Ohrfeige leid getan. Obzwar sie berechtigt war. Dem von allen angehimmelten Tom gehörten Grenzen aufgezeigt.

„Danke, Jiggy. Dann will ich büßend in deiner Obhut die Nacht verbringen."

Er wußte noch, er hatte Toms Füße einzeln ans Bettgestell geschnürt. Die gespreizten Beine zwangen dazu, auf dem Rücken zu liegen, auf den Händen.

Tom meuterte. „Das ist unbequem zum Schlafen."

„Von Schlafen war keine Rede. Du wolltest büßen, oder? Wie Krapp in seiner öden Bude."

Der große Junge lamentierte weiter vor sich hin.

Jig glaubte, auf ihn gemünzte Kraftausdrücke zu vernehmen. „Tom, hör auf, über mich zu maulen. Ansonsten schlepp' ich dich zum Abkühlen in die Werkstatt runter. Nackt wie du bist. Auf härtere Unterlagen."

„Bloß nicht, Jig! Da wetzt schon mal 'ne Ratte rum."

„Dann büße gefälligst schweigend, hörst du? Wie die Zisterzienser nach dem Abendgebet. Kannst ja auf der Seite liegen."

Mitten in der Nacht rief Tom. Er mußte mal raus. Jig band ihn los.

„Mach mir die Hände frei!"

„Kommt nicht in Frage."

„Dann gib sie mir wenigstens nach vorn."

„Nichts da. Ich kenne meine Pappenheimer. Du willst dich losreißen und es für den Rest der Nacht gemütlich haben. Setz dich halt zum Pissen hin. Auch wenn's dir unmännlich erscheint."

Als Tom zurücktappte, fiel er ächzend auf die Knie und bat flehentlich darum, nicht wieder mit den Füßen an den Gitterstreben des Bettes befestigt zu werden. „Mann, Jiggy, ich hab' noch keine Mütze Schlaf gehabt. Willst du mir den morgigen Tag versauen? Die Klassenarbeit in Englisch?"

„Die schaffst du auch unausgeschlafen mit links. Na, gut – ich bin ja kein Barbar."

Jig verpackte ihn für den Rest der Nacht im Schlafsack. Locker genug über den Schultern, daß Tom zwar nicht rausschlüpfen, sich aber hin und her drehen konnte. Dann zog er in Toms Bett um.

11

Am nächsten Tag hatte Jig sich in der Schule kaum konzentrieren können. Er saß mit trockenem Mund da und stellte sich in märchenhaften Bildern vor, wie Tom, der mit kühler Stimme Rache verkündet hatte, ihn zur Schlafenszeit überwältigen und hemmen würde. In der Sportstunde quetschte er sich am Reck wieder mal die Murmeln, bot das Bild des nassen Sackes auf der Matte. Der vegetativ automatische Griff zwischen die Beine löste rohes Gelächter bei den Kameraden aus.

„Der Elge will keine Kinder machen!"

Die Schmerzen vergingen rasch. Dispensiert für den Rest der Turnstunde, legte er die Hände auf den Rücken und schwelgte in weiteren Phantasien.

Sie hatten nach dem Abendessen des Kürschnermeisters neueste Anschaffung erprobt, den Fernseher. Nach einer Viertelstunde Nachrichten verharrte er im Testbild. Dann hatten sie zwei oder drei Bier getrunken und im

Keller gemeinsam geduscht. Das lachende Mädchen auf dem Badehandtuch mit dem Finger im Mund hatte er als Omen zu wenig beachtet. Als er trockengerubbelt war, klickten Onkel Pauls Artefakte. Auf dem Rücken. Über den Ellbogen. Der Bundeswehr-Hauptmann hatte ihnen erklärt, es sei von dem, was Rekruten zugemutet werden durfte, nicht ganz sauber, zeige jedoch anschaulich, was geschehen konnte, geriet man in Feindeshand.

„Halt dich ruhig", sagte Tom. „Sonst kneift es."

Aus der Werkstatt brachte er einen schwarzen Lederbeutel und drehte ihn vor seiner Nase. Er duftete verführerisch nach frisch gegerbter Tierhaut.

„Vorhin genäht", informierte Tom. „Sollte passen. Wir haben ja ungefähr die gleiche Kopfform."

„Tom, ich will nicht in die Kapuze, von der du gestern rumgefaselt hast. Heute will ich dich sehen."

„Aber ich dich nicht. Mit auf den Rücken verbannten Armen wirst du dich drein fügen müssen."

Schwupp, glitt die Haube über den Kopf. Schlagartig wurde es finster. Ein Zipp surrte.

„Na, kommt da noch irgendwo Licht durch?"

„Nein", gestand Jig. „Kein Schimmer."

„Dann ist die Arbeit gelungen. Permanente Dunkelheit macht einen schnell fertig. Wirst ja sehen."

„Aha. *Werden wir ja sehen,* sagte mal ein Blinder. Krieg' ich denn genug Luft?"

„Absolut. Durch Öffnungen vor Mund und Nase. Die Atmung ist nicht behindert. Hab' es eingehend getestet."

„Trotzdem möchte ich dich sehen, Tom."

„Glaub' ich dir sogar." Tom rüttelte am eng anliegenden weichen Rindsleder. „Rausrutschen kannst du da auf keinen Fall. Und dein Kopf bleibt bis morgen früh drin!"

Irgendwie wickelte Toms rauher Charme ihn wieder ein. Wie er die Treppe hinaufgeschoben wurde und um die Wendepunkte, von Toms Händen um die Taille dirigiert. Im Dachzimmer knarrte die Schranktür. Dort hieß Tom ihn ein Bein heben. Und das andere. Er bekam eine kurze Lederhose angezogen. „Vorsicht mit den Zippern! Wehe, du klemmst mir den Schwanz ein!"

„Angsthase." Tom zog die Reißverschlüsse zu und patschte ihm herzhaft auf den Po. „Bist 'n bildhübscher Bengel geworden, Jig. Nimmst nur keine Notiz davon, wie die Mädchen sich nach dir den Kopf verdrehen. Ich frag' mich, wann du die Schönen vorzulassen gedenkst."

Des Ledermeisters Sohn zwang ihn zu Boden, band die Füße und schob ihn in den Schlafsack. Dann fixierte er die Hände über Kreuz und nahm die Schellen von den Ellbogen. Nun zog er den Sack bis zum Hals hinauf und verknotete die Haltebänder auf den Schultern. Er packte Jigs Beine, schleifte ihn über das Parkett und die Türschwelle. Keine fünf Minuten waren vergangen.

„Tja...! Du wirst vor der Tür schlafen, Jiggy."

„Stell mich doch als Paket gleich in die dunkle Besenkammer", witzelte er. „Seh' ja sowieso nichts."

Aber sein Freund lief bereits die Treppe hinab. Unten klimperten Schlüssel. Dumpf schlug die Haustür zu.

Bis Tom wiederkam, hatte Jig sich zu befreien versucht, natürlich nutzlos. Nach kurzer Zeit war er naß geschwitzt. Die Spiele zwischen Tom und ihm waren von jeher einfachsten Mustern gefolgt. Hände und Füße wurden gebunden, gelegentlich Knie und Ellbogen. Hals, Nase und Mund galten als verbotene Zonen, Knebel waren tabu. Mit den dünnen Lederriemen umzugehen, beherrschten sie beide perfekt. Die Handschellen der Bundeswehr benutzten sie allenfalls zu vorübergehendem außer Gefecht setzen. Zu entwischen gelang äußerst selten. In der Kapuze war nur die totale Dunkelheit neu, denn die Augen wurden oft mit Tüchern verlegt, unsicheren Kandidaten, da Jig sie durch Scheuern an rauher Baumrinde abstreifte. Ihr *Leitgedanke zu den zweiundzwanzig Regeln für gefahrlose Gefangenschaft* lautete: *Fesselungen müssen halten, was das Wort verspricht. Außerdem müssen sie so beschaffen sein, daß der Gefangene keinerlei Schaden an Leib und Seele erleiden kann, auch unbeaufsichtigt nicht.* Jig staunte später darüber, wie zwei dreizehnjährige Schüler es so zu formulieren verstanden hatten, und wie sie auf der dünnen Basis eines Ehrenworts ihre Regeln gegenseitig ohne nennenswerte Übertretungen respektierten.

„Ach, du lieber Himmel! Wer ist denn das?" fragte eine Mädchenstimme.

„Äh – ein Typ von den Pfadfindern."

„Der pennt hier? In so einer komischen Kapuze?"

„Ja... Nein... Ich meine, der ist grade auf einem Meditations-Trip. Er kann uns nicht hören. Hat sich Watte in die Ohren gestopft."

„Wußte gar nicht, daß du noch bei den Pfadis bist."

Die Stimme hätte Jig aus hundert anderen herausgehört. Das Lispeln verriet Tina. Aus der Mädchenschule. Tina und Tom also!

„Tja, nicht so richtig. Will sagen, nicht ständig. Fährt mein Vater geschäftlich weg, kümmere ich mich halt um die Jungs. Oder wenn er Urlaub macht."

„Habt ihr auch Mädchen dabei?"

„Nee."

„Wieso nicht?"

„Ja, siehste... Das läuft getrennt. Mädchen bilden eigene Gruppen. Also, wenn du Lust hättest..."

„Glaub' nicht. Muß mich ums Abi kümmern."

Die Zimmertür fiel zu. Den Geräuschen nach schien man unverzüglich zur Sache zu kommen. Deutlich hörte er Tina: „Nur Petting, Tom! Ist das klar?"

„Glasklar." Toms heisere Stimme ließ vermuten, er stelle sich sehr wohl mehr vor. Unbehaglich stöhnte Jig auf. Welcher Film lief da ab? Es war unglaublich, daß Tom ihn zwang, Lauscher an der Tür zu spielen.

Nach einer Weile sagte Tina: „Warum holen wir den Jungen nicht rein? Ein flotter Dreier..."

„Puh – nein, besser nicht!"

„Wie alt ist er denn?"

„Ähm... ja... Grade mal vierzehn."

„Ach so! Dann weiß der noch gar nicht, wo es lang geht!?" Die entstehende Stille deutete alles andere als hektische Aktivität an. „Wenn du mehr nicht bringst..." näselte Tina. „Vielleicht ist dir heute nicht so danach."

„Heh – ich weiß auch nicht, was da mit mir los ist." Tom klang niedergeschlagen. Kleidungsstücke raschelten. Tinas Absätze klackten auf den Dielen.

Quietschend ging die Tür. „Mach dir nichts draus. Deine Eltern sind ja noch eine Weile auf Achse. Aber das nächste Mal leg uns bloß keinen Grünschnabel vor die Tür, Pfadi oder nicht." Tina war nach dem zärtlichen Beisammensein erstaunlich rasch auf der Treppe. „Ich finde allein raus. Bemüh dich nicht weiter! Und schneid dir mal die Nägel."

Jig blinzelte ins Licht. Tom hatte ihm die Kapuze abgenommen, versuchte mit Blödeln die Situation zu retten. „Da näh' ich so ein schönes Stück und vergesse glatt die Schalldämpfer. Soll ich dich losbinden?"

„Würde ich dir raten."

„Nein, nein, nein", lamentierte der große Junge wenig überzeugend. „Was ist nur in mich gefahren?"

„Will ich nicht ergründen. Reizender Tom! Mich Tina so vor die Nase zu legen, ist ein ganz hinterhältiger Vertrauensbruch. Weißt du das?"

„Jiggy, nimm's doch nicht gleich krumm! Bitte! Ich laß mir den Hintern versohlen. Oder mach alles, was dir sonst zum Abbüßen einfällt, aber..."

„Ja, könnte dir so passen." Er hatte sein Hemd angezogen und die Schuhe und plapperte Tinas Formel nach: „Bemüh dich nicht weiter! Äh – die Lederhose ist konfisziert. Ich finde meine Jeans nicht. Deine neue Kapuze kannst du dir sonstwohin stecken. Und vergiß nicht, die Fingernägel zu schneiden."

Als er die Haustür zuschlug, grinste er bereits über das Geschehnis. Die Frage, ob Toms Eltern Mädchen in seinem Zimmer duldeten, war geklärt. Das lief nur in deren Abwesenheit. Ließ er sich von den Schönen der Nacht auch knechten? Kaum denkbar! Mädchen würden derart Absonderliches früher oder später ausplaudern. Das hätte im hellhörigen Brackelstein unweigerlich die Runde gemacht. Nein, er allein besaß die Erlaubnis, den stattlichen Burschen außer Gefecht zu setzen.

12

„Hängen muß nicht sein." Tom musterte die Wäscheleine. Sie sah teuflisch überzeugend aus. Ob Jig damit fachkundig umgehen konnte? Gewissermaßen ersatzweise, da er weder von Leder noch von Handschellen einen Schimmer hatte. „Ähm – wenn ich's mir recht überlege, hast du ja eben erst die stählerne Acht umgehabt. Also bin ich dran."

„Nein, bist du nicht! Ich hab' mich zum Hängen bereit erklärt. Spielregel neun: Freiwilligkeit setzt Zwang außer Kraft."

Tom zog an der Leine, die Jig sauber aufgerollt hatte. „Nichts da! Regel acht steht davor: Wir sind abwechselnd dran. Auch eigene Behandlung zählt. Hattest du dich denn nicht grade in Eisen gelegt? Ja oder nein?"

„Ja. Aber ich poche auf ältere Ansprüche. Du wolltest mich bereits vor einer Woche hängen."

Tom mahnte: „Lüg nicht wieder so dreist! Schnur um den Hals legen hatten wir verboten. Regel siebzehn, hörst du? Null Strangulation!"

Verschämt sahen sie sich in die nassen Augen.

„Heulsuse", sagte Tom.

„Selber eine!" konterte Jig und wischte sich verstohlen die Tränen ab.

Nach dem überstandenen Zwist konnten sie gar nicht anders, als sich rauh zu umarmen, den andern umzuwerfen und auf dem weichen Waldboden zu rangeln, bis ihnen richtig heiß wurde. Tom ging zuerst die Puste aus. Er japste nach Luft. Jig bekam ihn mit einem perfekten Armverdreher vollends unter Kontrolle.

Er dachte an das magere kastilische Frühstück in Robledo de Chavela. Bei einem Croissant und Milchkaffee hatte er vor dem Aufbruch in den Wald plötzlich innig an Tom denken müssen. Wie war es doch angenehm und heiter gewesen, bei ihm zu sein. Mit ihm barfuß durch den Wald zu streifen. Nach Toms Hand zu fassen. Und gezwungen zu werden, Hand in Hand weiterzulaufen.

„Damit du mir nicht abhaust, mein Kleiner!"

Toms Händedruck war von einer Sekunde auf die andere eisern geworden, hatte er dümmlich angekündigt: „Werd' mich bald losreißen. Du holst mich ja nie ein." Das stimmte. Ob barfuß oder in Turnschuhen, er war der schnellere Läufer gewesen.

„Scheint so, scheint so, ich muß dich unbedingt wieder mal hemmen, Jiggy. Mindestens an Händen und Füßen. Ich meine, weil ich mich ja mit dir verabrede, obgleich ich zu Hause helfen sollte. Und du spielst auf zikkig und willst die Fliege machen.“

„Bitte nicht schon wieder in Banden legen, Tom!“

„Ach nein? Wirst du bei deiner Ehre geloben, nicht abzuhauen?“

„Also, geloben tu’ ich gar nichts. Du bist erwiesenermaßen der Stärkere. Da will ich zumindest weglaufen, wann’s mir paßt.“

So oder ähnlich war das Geplänkel stets in Tätlichkeiten gemündet. Sie stellten sich gegenseitig ein Bein, wälzten sich auf den weichen Moospolstern und rauften. Unter Gekicher und Gejohle wurde Jig schließlich das Weglaufen mit Toms Lederriemen abgedreht. Oder Tom ergab sich, überdrüssig der Rolle des Stärkeren, gebannt von Jigs blaugrauen Augen, die ihn furchtlos anblickten und in seinem Körper, wie Tom später analysierte, seltsame und aufreizend neue Regungen ausgelöst hatten. Weil Jig sein erster Gefährte handfest zum Anfassen gewesen war. Einer, der ihre Spiele so normal fand wie Fahrrad fahren. Den es einen feuchten Dreck kümmerte, was zu den typischen Eigenschaften echter deutscher Jungen paßte oder solchen eher abträglich war.

„Puh, ich gebe auf“, sagte Tom. „Laß bitte meinen Arm heil. Bestehst du auf der Wäscheleine?“

„Ja, was dachtest du denn?“ entgegnete Jig. „Streck dich! Oder es wird weiter gekämpft.“

„Ich sag’ doch, daß ich aufgebe. Es bedeutet sofortigen Waffenstillstand.“

„Dann leg dich gefälligst hin, wie ich’s brauche. Auf den Rücken! Pfoten sittsam über Kreuz!“

Tom streckte sich lang auf dem moosigen Waldboden aus. Laut und affektiert seufzend. Zugleich in Vorfreude erschauernd.

Jig ließ sich auf Toms Brustkasten nieder und steckte

dessen Handgelenke in eine vorbereitete Schlinge. „Bin gespannt, Lederbengel, ob du noch mal anfängst zu heulen, sobald du nichts mehr machen kannst."

„Tu' ich schon nicht", würgte Tom hervor. Ihm war tatsächlich wieder zum Heulen zumute. Vor Glückseligkeit. Jig thronte schwer auf seinen Rippen und klemmte seinen Kopf zwischen den Knien ein. Es zwang ihn, den geliebten Gespielen anzublicken, der seine Hände rammelfest zusammenschraubte. Vor Wohlbehagen schwanden ihm fast die Sinne. Jiggy sah in der alten, spiegelglatt gewetzten Lederhose unglaublich frech aus. Energiegeladen wie ein Holzhackerbub beim ersten Baumfällen. „Ich nenne dich nie wieder Kleiner", versprach er.

„Möcht' ich dir dringend geraten haben", sagte Jig. „Falls du glaubst, deswegen kommst du glimpflicher davon, bist du schief gewickelt. Hoch mit dir! Und marsch, marsch!"

Mit den Armen über dem Kopf wurde Tom an eine Eiche gestellt. Das gefiel dem Jungen weniger, obwohl er allerhand vertrug. Gipfel der Frechheit war das Büschel Brennnesseln, das Jig ihm in die Hose stopfte. Empfindliche Teile quiekten empört auf.

„Regel fünf: Keine Folter!" wies Tom ihn zurecht.

„Ist keine", konterte Jig. Er schloß den Latz. „Brennnesseln wirken wie Ameisenbisse. Sind bekanntlich gut gegen Rheuma. Und was der Körper sich sonst so einfangen kann."

„Witzbold! Meine Oma hat Rheuma! Ich mal ganz bestimmt nicht!" Tom beschlich der Verdacht, ein körperlich Schwächerer mit hellerem Verstand als seiner sacke ihn ein, zerpflücke seine Prahlerei eines echten deutschen Jungen. Jetzt wurmte ihn auch das Getuschel in der Schule: *Der blonde Lederbengel fährt zur Abwechslung auf Schwarzhaarige ab.* Wieso ließ er sich von Jiggy so leichtfertig erledigen? Bei den Gelände-spielen der Pfadfinder hatte er sich freiwillig noch nie ergeben. Er war derjenige, der anderen mit seinen famo-sen Lederriemen Respekt beibrachte. Ihn traf es selten, weil er dafür bekannt war, daß jeder, der ihn gefangen-zunehmen versuchte, blaue Flecke davontrug. Was Jig so alles ausheckte, hätte Tom ihm nicht zugetraut.

„Für das Fuder Brennesseln kriegst du was auf den Arsch", knurrte er. „Gleich an Ort und Stelle. Also bind mich besser nicht los."

„Ha! Wo ich mir so viel Mühe gebe? Nicht vor dem Abendessen." Jig überprüfte sein Opfer. Tom konnte zwar locker am Eichenstamm lehnen, stand aber erdrük-kend gestreckt da. An den Fußknöcheln glitzerten tük-kisch die Handschellen. Oberhalb der Knie verband der neue Lederriemen Toms sonnengebräunte Schenkel. Mehrere Windungen Wäscheleine hielten seine Hände in Schach, die untätig über dem Kopf schwebten. Das Seil hatte Jig über den tiefsten Ast der Eiche geworfen und mäßig stramm gezogen an einem anderen Baum be-festigt. „Weißt du was? Ich liefere dich in der Wäsche-leine zu Hause ab. Das wird ein Spaß! Auch wenn wir dafür beide was auf den Arsch kriegen."

Toms blaues Halstuch mit der Wappenlilie, Emblem der Pfadfinder, reizte Jig zu Mißbrauch. Er löste den Knoten, der den Stoff am Halsansatz zusammenhielt.

„Hab' ich dir erlaubt, mein Halstuch wegzunehmen?" Gleich biß sich Tom auf die Lippen. Es wurde regelmä-ßig beschlagnahmt, war man in die Fänge des gegneri-schen Stammes geraten. Sogar Knebeln damit kam vor. Ob Jig das wußte?

„Nehm' ich ja nicht weg", sagte Jig. „Kommt nur woanders hin." Er faltete es zu einem Streifen und ver-deckte Toms furchtsam aufgerissene Augen. Mit fingierten Faustschlägen überzeugte er sich, daß die Verhüllung funktionierte. „Ich geh' wieder runter. Ins kühle Wasser. Mann, ist mir heiß!"

„Verdammt, Jiggy! Erlaß mir die Brennesseln!"

Jig gickste vergnügt. „Die bleiben, wo sie sind. Halte dich ruhig. Spürst sie dann kaum."

Geräuschvoll entfernte sich Jig fünfzig Meter und trat dann, immer leiser werdend, auf der Stelle. Er sah Tom herumstrampeln, und wie er rastlos versuchte, die Hände freizukriegen. Wegen der über dem Kopf nach oben gezogenen Arme hatte er seine liebe Not damit.

Tom glaubte es nicht. Alle Befreiungsversuche scheiterten. Zuletzt riskierte er es auf die schmerzhafte Tour, hing mit seinem vollen Gewicht am Strick, indem er die Beine anzog. Weil er hoffte, die Leine würde reißen. Sie schlang sich nur noch fester um seine Handgelenke. Mit einem Wehlaut gab der Junge klein bei. Nicht einmal die Augenbinde, den Kopf am Stamm scheuernd, konnte er loswerden. Dabei ratschte er sich das Ohr an der rauhen Rinde blutig.

Jig riß sich in der Nachmittagshitze wieder Hemd und Hose vom Leib. Er umwickelte die Hand mit seinem Taschentuch und riß eine in vollem Saft stehende Brennessel aus. Bedächtig stellte er sich breitbeinig auf. Langsam geigte er mit der ätzenden Pflanze durch den Schritt. Unwillkürlich schloß er die Augen. Fuh...! Das brannte wie mit Feuerflammen. Besonders an den Murmeln. Tom mußte es genauso spüren. So war es in Ordnung. Jig wollte sein wie Tom. Er wollte alles so spüren wie Tom. Am liebsten ständе er genauso hilflos neben Tom. Und kämen Kidnapper, die Tom, verpackt wie er schon war, nur in einen Kohlensack stecken müßten und durch den Wald schleifen, wollte er mit gekidnappt werden. Jig kniff sich nachdenklich in die Kinngrube.

Wäre unintelligent. Toms Vater besaß Knete. Der konnte Lösegeld zahlen. Seiner nicht. Man würde ihn als Arbeitssklaven in die Fremde verschachern. Beklommen schaute er hinüber. Das Lederbübchen schaukelte in der Art einer Vogelscheuche im Abendwind am Baum und probierte Sträflingsschrittchen in den Fußschellen.

Tom hatte ihm für diese Art Hängen neidlos den Orden für die größte Gemeinheit des Tages zugestanden. Wobei echt gemein nur die Brennesseln gewesen waren. Eine Woche später hatte Tom ihn, appetitlich mit Leder garniert, der Nachbarschaft von Ameisen ausgesetzt. Im Weggehen hatte er ihm im Stil von *Was mir noch einfällt* zugerufen, die rindsledierne Schnur würden die Tiere verschmähen. Oder ganz zuletzt anknabbern.

Für das im Grunde schlichte Spielchen im Steineichenwald der Sierra de Ávila würde Tom ihm den Orden für die einfachste Einschließung des Monats stiften. Weil ja Schlüssel dalagen. Doch konnte er sich genausowenig befreien wie damals der unter der deutschen Eiche um sich selbst kreiselnde Tom, der in klarem Norddeutsch gerufen hatte: „Hilfe! Hilf mir doch! Jig, du niederträchtiger Hund! Sei nicht so streng! Über eine Mark Lösegeld laß' ich mit mir reden."

Der niederträchtige Hund pfiff aufs Lösegeld. Er schnitt mit dem Taschenmesser eine Brombeerranke ab. Nicht ein Zweig knackte unter seinen Fußsohlen, als er zu Tom hinüberschlich und sich vor ihn hinkniete. Er formte den Mund zu einem breiten Spalt und stieß zischend die Luft aus. Es zeigte Wirkung – Tom stand augenblicklich stockstef da. Jig hatte eine ausgewachsene Ranke mit Dornen im passenden Abstand gewählt. Mit weiteren Zischlauten drückte er Tom zwei der Dornen in den Fußspann. Der schrie auf und riß entsetzt hüpfend die aneinandergeketteten Füße weg. Jig huschte lautlos und gemächlich davon.

Von weitem rief er: „Tom? Alles in Ordnung?"

„Kacke! 'ne Schlange hat mich gebissen! Hilf mir!"

„Bin schon unterwegs." Jig schlüpfte in Hemd und Hose. Sonderlich beeilen tat er sich nicht, Tom Beistand zu leisten. Er riß ihm das Tuch von den Augen. „Gebissen? Wo denn?"

„Da, Mann, siehst du's nicht?!"

In der Tat quollen zwei Blutstropfen hervor. Jig ging in die Hocke. Theatralisch saugte er an der Blutung.

„Hat gezischt wie 'ne Klapperschlange", behauptete Tom fassungslos.

„Unsinn! Klapperschlangen zischen nicht. Die rasseln. Bei uns gibt's gar keine. Glaub' eher, das war eine Blindschleiche."

„Blindschleichen..." Tom schüttelte ratlos den Kopf. „Die haben kein so breites Maul." Angstvoll starrte er auf seinen Fuß. „Du sollst mich losbinden!"

Jig lockerte den Strick, zog ihn über den Ast und machte Tom los. Auch die Fußschellen schloß er auf.

„Tom! Bei uns leben praktisch keine Giftschlangen. Außer Kreuzottern. So ein breites Gebiß haben die auch nicht. Bekanntlich sind sie sehr scheu. Vor herumtrampelnden Zweibeinern hauen die schleunigst ab." Verbindlich lächelnd griff Jig nach der Brombeerranke auf dem moosigen Boden und verglich den Dornenabstand mit den roten Punkten auf Toms Fuß. „Schau her! Da wirst du reingeraten sein. Weil du so rumrappelst. Statt still den Frieden des Waldes zu genießen."

Es dauerte eine Weile, bis bei Tom der Groschen fiel. Brüllend vor Empörung stürzte er sich auf Jig. Aber einen Jungen mit zusammengebundenen Knien abzuschütteln, war selbst für den wenig kampferprobten Jig kein Problem. „Mann, hast du mir einen Schreck eingejagt!" sagte Tom in andächtiger Bewunderung, als Jig wieder schwer auf seiner Brust thronte. „Das schreit förmlich nach Vergeltung."

„Dreh dich auf den Bauch!" befahl Jig. „Arme auf den Rücken! Du wirst, wie bereits angekündigt, als mein Gefangener nach Hause marschieren."

13

Beim Abendessen ergründete Alfred vorsichtig, wie die Jungen miteinander ausgekommen waren.

Toms Augen leuchteten. „Mit Jiggy erlebt man an einem Nachmittag soviel wie andere im ganzen Jahr nicht. Der kennt jeden Winkel im Wald. Wir haben 'ne Menge Pilze gesichtet. Jiggy meinte, die wären nicht giftig. Aber schmecken täten sie auch nicht. Also ließen wir sie stehen. Über dem Steinbruch fanden wir eine nagelneue Wäscheleine. Wie für uns hingezaubert. Wir sind dann runter zum Teich. Schwimmen. Äh..." Das Intermezzo mit Rob und Pitt verschwieg er lieber. „Ähm – Jiggy ist ein granatenmäßig guter Schwimmer. Wenn ich mal in Seenot käme, sagt er, würde er mich rausfischen. Wie wir dann wieder trocken waren, haben wir ein bißchen gerauft und so. Da muß der Knabe noch aufholen. Er liegt zu schnell unten."

„Also war Tom kameradschaftlich, Jig?"

„Ja, Sir. An sich schon."

Auf Alfreds Stirn erschienen Falten. Er wußte um die ungeniert die Fäuste beinhaltende Taktik seines Sprößlings, wenn der am Drücker war. „Was soll das heißen, an sich schon?"

„Na ja, Sir – Tom hat..."

„Hör mal zu, Junge! Laß bitte den *Sir* weg. Für dich sind wir Gerda und Alfred. So wie für unseren Sohn. Und du duzt uns, verstanden?"

„Ja, Sir – entschuldige, Alfred."

„Raus mit der Sprache! Hat Tom dir weh getan?"

„Nein, nein..." Jig biß herzhaft in die mit Butter und Schinken belegte Scheibe westfälischen Pumpernickels.

„Aber –?"

„Tja... Also, er hat mich am Boden... Wedelt dauernd mit der Wäscheleine rum. Weiß mein kleiner Jiggy, wozu die da ist, fragt er. Ich sage, zum Wäsche aufhängen, großer Tom. Und sonst? Keine Ahnung, sage ich. Vielleicht für Rettungsschwimmer. Tom entrollt die Leine. Er meckert, im Gras rumliegen, sich nicht wehren und drauf warten, daß dem Stärkeren langweilig wird und er deine Zicken schluckt – von wegen! Ich werd' dich fesseln. Wird dir eine Lehre sein. Damit du dich künftig nicht so schnell streckst. Puh, mir läuft es kalt den Rücken runter. Das darfst du gar nicht, rede ich ihm ins Gewissen. So –? Darf ich das nicht? Er lacht mich aus. Wo steht das geschrieben? Und falls es irgendwo geschrieben steht, was kümmert's mich? Mußt ja nicht mit mir in den Wald gehen! Wir hätten zu Hause Federball spielen können. Mit den Mädchen vom Nachbarn. Hier gilt das Gesetz des Dschungels. Ich sehe, er will Ernst machen. Also dreh' ich mich auf den Bauch, verschränke die Hände drunter. Es bringt nichts. Er kitzelt mich gekonnt, bis ich locker lasse. Füh! Gekitzelt werden – da läßt jeder locker! Gleich erwischt er einen Arm und biegt ihn schurkisch auf den Rücken. Damit bin ich geliefert. Den Dschungel kenn' ich nur aus Büchern. Heut' mußte ich am eigenen Leib erfahren, wie es ist, bewegungsunfähig dazuliegen. Und umhergewälzt zu werden wie ein Lumpenbündel." Jig biß wieder vom Brot ab und genoß die gebannt auf ihm ruhenden Blicke.

Gerda hatte ihm aufmerksam zugehört. Beruhigend strich sie Jig übers Haar. „Unser Sohn meint es nicht so. Sicherlich ist er rauher als andere Jungs. Wer mit ihm spielt, sollte nicht aus Zucker sein. Aber er würde dir nie ernsthaft weh tun. Hat er nicht, oder?"

„Nö! Bis auf die Brennesseln in der Hose. Er erklärt, du hast meine Hose an, da stopf' ich rein, was mir paßt. Hättest sie ja nicht anzuziehen brauchen, niedlicher Jig! Blöd gelaufen, mein Kleiner, woll? Und außerdem hatte er Handschellen mit. Die bekam ich für den Rückweg angelegt. Kam mir vor wie ein Schwerverbrecher. Man muß höllisch aufpassen, nicht über die tausend Wurzeln im Wald zu stolpern. Erst vor der Haustür hielt er mir den Schlüssel unter die Nase. Du versprichst augenblicklich, sagte er, du bleibst zum Abendessen da! Und begibst dich danach wieder, ohne zu maulen, in meine Gewalt. Na, versprichst du's? Sonst läuft es ganz ohne Speis und Trank. Ich nehm' dich am Schlafittchen und sperr' dich in den Kohlenkeller. Hören tut dich dort niemand. Meinen Leuten sag' ich, du wärst abgehauen."

„Sag mal, spinnst du?" wandte sich Alfred an seinen Sohn. „Heute war doch kein Geländespiel angesagt. Wo man nach Belieben Gefangene machen darf. Jig ist unser Gast! Zuerst mal dein Gast." Insgeheim klatschte er Beifall. Sein erfreulicherweise wenig zimperlicher Tom hatte diesem laschen Sir-Söhnchen gezeigt, wie man auf Jungenart miteinander bekannt wird. Von ihm aus durfte er ihn weiter in die Mangel nehmen. Bis sein *niedlicher Jig* Leine zog. Oder sich wie ein Junge wehrte. Allerdings würde er ein ernstes Wort mit seinem Bruder reden müssen. Es war verfrüht, Tom mit Festnahmematerial der Militärpolizei auszurüsten.

Tom war fasziniert von Jiggys Erfindungskunst. Wie

der aus dem Blauen heraus alles verdrehte. Freimütig schaute er seinem Vater ins Gesicht.

„He, Alfred! Es war genau umgekehrt! Jig stellte *mir* ein Bein. Und schmiß *mich* zu Boden. *Mir* wurde wüst der Arm verdreht! Bloß nicht aufmucken, dachte ich. So ungeübt, wie der beim Raufen ist, bricht er mir die Knochen. Jiggy hat *mich* mit der Wäscheleine hundsgemein verarbeitet. Stundenlang mußte ich an einen Baum stehen. Die Handschellen kriegte ich als Fußeisen angelegt. Siehste, so! Mein Nachmittag als Gastgeber."

Nachdenklich kniff sich Alfred ins Ohr. Wenn das stimmte – uih! Von wegen *niedlicher Jig!* So ganz war nicht zu erkennen, ob Jigs ausführlicher oder Toms kurzer Bericht glaubwürdiger war. Kopfschüttelnd sagte er: „Zumindest scheint ihr im Dschungel klarzukommen." Er musterte die Knaben. Jig legte Tom unbefangen den Arm um die Schultern. Der litt es stillschweigend und errötete sanft. Unmerklich nickte der Kürschner. Wie die Jungs nun einträchtig dasaßen, nahmen sie ihm die Entscheidung ab. „Jig", sagte er, „bald sind Sommerferien. Unsere Gruppe fährt in die Lüneburger Heide. Magst du mitkommen?"

„Puh – ich weiß nicht!" Was er vor sich erblickte, verdroß ihn: Zelte, Schlafsäcke, verbeultes Kochgeschirr aus Blech, eine Kolonne uniformierter Pfadfinder, einer trug den Wimpel voran... „Ich fürchte, das würde mein Vater nie erlauben." Alfreds Blick ruhte auf ihm wie der des Sportlehrers. „Tut was weh zwischen den Beinen? Oder sonstwo?" Nein, nirgends tat es weh, wenn Toms Vater ihn so offenherzig ansah.

„Hat er schon erlaubt, Jig! Wir haben gestern abend im Gasthaus Köritzer einen gehoben. Ich hörte, ihr wollt drei Wochen in den Schwarzwald. Dein Vater meinte, es wäre ihm viel lieber, wenn du statt dessen unter Jungs deines Alters kämst. Da bot ich an, dich mitzunehmen."

„Das hat er gesagt?" Jig fand es unglaublich. Seine Eltern verkauften ihn in die Fremde! Waren dreißig Silberlinge geflossen? War er so viel wert?

„Ja. Aber er fügte hinzu, du seiest alt genug, selbst zu entscheiden, was du willst."

Tom faßte nach Jigs Arm, der auf seiner Schulter lag. „Mann, Jiggy – Klasse! Natürlich bist du dabei."

Lederbübchens eiserner Griff ums Handgelenk, bevor sein Stahlkram klickte.

Wieder einmal starrte er in die Baumkrone, als würde von dort eine rettende Fee heruntersteigen. Als Gegenleistung gäbe er sich ihr sofort hin. Es funktionierte ja mit Mädchen. Seinem Alter nach sollte es eher heißen, mit Frauen. Doch in die Zeugungsfalle zu geraten, davor graute es ihm. War ein Baby unterwegs, klickten am eilig angesetzten Hochzeitstag wie bei Tom Handschellen ohne Durchschlag. Und ohne Schlüsselloch. Nur bei Vorlage eines Scheidungsurteils half der Kettenschmied später heraus. Dafür waren lebenslänglich Raten abzustottern. Er hatte Frauen gern, aber noch keine gefunden, die ihm sowohl gefiel als auch so wenig wie er Kinder haben wollte. Manchmal sinnierte er, die Natur habe ihn mit einer Art drittem Geschlecht ausgestattet, in Richtung androgyn. Offen in jeder Beziehung. Nur nicht für die Fortpflanzung.

Tom hatte er im letzten Jahr wiedergesehen. Zu einem Saufgelage im Rathauskeller. In anonymer Leere des Saals an einem klobigen Eichenholztisch einander gegenübersitzend. Die alte Vertrautheit hatte manchmal durchgeblitzt. Die Eltern lebten im Erdgeschoß des Hauses Trompeterstraße fünf, Tom mit Frau und Kind im ersten Stock. „Wer ist denn die Glückliche?"

„Eine gebürtige Brackelsteinerin. Ich glaub' nicht, daß du sie kennst." Der Name war nicht erwähnt worden, hingegen der Verbleib von Onkel Pauls Geschenk. Es hing vereinsamt in der Werkstatt. Hoch oben an einem Nagel. Unerreichbar für den kleinen Tom.

„Üble Geschichte!" raunte die linke Handschelle. „Können einem leid tun, die Kollegen. Arbeitslos an einem rostigen Nagel im Keller. Zwischen lauter stinkenden Lederresten!"

„Merkst du es nicht?' meinte die rechte Schelle. „Der Boy quasselt um sein Leben. Will uns einrollen. Wie das gewiefte Rübensüßchen ihren Gebieter in Fünfhundertundeiner Nacht."

Klick... Auch um die linke Hand wurde es noch enger, als es ohnehin schon war. Er hätte die Schlösser verriegeln sollen. „Quetscht mir doch die Gelenke kaputt!" schrie Jig resigniert. Nichts und niemand antwortete. Auf dem schwach ansteigenden Hang war es zwischen Steineichen und Pinien bis auf das Glucksen des Baches still geworden. Als bliebe den Waldbewohnern jetzt am späten Nachmittag nichts mehr zu tun.

Sein Arm auf Toms Schulter, das Handgelenk von Toms Faust umschlossen, des Freundes triumphierendes Grinsen – ein Vorgeschmack auf das Pfadfinderlager. In Ketten würde man ihn zum Schuhputzer erniedrigen.

„Ich wäre der Jüngste und Schwächste", seufzte Jig. Mit Brot wischte er das würzige Fett vom Teller.

„Nein", sagte Alfred, der das Endstück der Bratwurst genüßlich zuletzt aufzuspießen pflegte. „Unsere Jungen sind zwischen elf und fünfzehn. Mit Kleineren drunter als du. Die kannst du um den Finger wickeln."

„Jig wickelt auch Größere ein", sagte Tom mit sarkastischem Unterton und knuffte Jig hart mit dem Ellbogen in die Rippen.

„Au –!"

„Sei nicht so ruppig zu unserem Gast", mahnte Alfred. „Wer schläft bei dir im Zelt?"

„Niemand. Seit Rob uns verlassen hat."

„Rob? Ach ja... Der...! Dann kriegst du Jig."

Jig fühlte sich bevormundet. Wie ein Spielzeug wurde er verhökert. Freilich sah die Sache mit Tom in der Nähe gefälliger aus. Auch wenn der das Sagen haben würde. „Mich fragt man wohl gar nicht!?"

Alfred blieb geduldig. Trocken erwiderte er: „Wärst du *mein* Sohn, würdest du tatsächlich nicht gefragt." Er räusperte sich. „Jig, du solltest wissen, da warten viele Jungen hinter dir. Von denen würde ich kein einziges Widerwort hören. Hätten wir nur Platz für sie!"

14

Nach dem Abendessen warfen sich Toms Eltern in Schale. „Wir gehen mit Freunden einen Drink nehmen."

Jig mutmaßte, die Freunde seien seine Eltern, und Alfred überbringe seinem Vater die Vollzugsmeldung. „Unser Tom wird Ihren Sohn mal nach Strich und Faden verdreschen, Sir." „Ach, wundervoll! Ich weiß gar nicht, Alfred, wie ich Ihnen und Ihrem Sohn danken kann."

„Können wir euch allein lassen, ohne daß ihr euch die Köpfe einschlagt?"

„Locker!" sagte Tom. Die Jungen standen brüderlich da, jeder den Arm um die Schultern des andern gelegt. Sie lächelten sanftmütig, als könnten sie kein Wässerchen trüben. „Wir haben Frieden geschlossen."

„So? Hoffentlich hält er bis zum Zähneputzen." Alfred schmunzelte. „Zeig Jig dein geräumiges Zelt, Tom. Vielleicht gefällt es ihm ja."

„Alfred, dürfen wir draußen übernachten?"

„Von mir aus. Wird aber Regen geben. Kommt der in Strömen runter, kann es lausig kühl werden."

„Hier ist alles wasserdicht", erklärte Tom. „Auch der Boden. 'n warmen Schlafsack kriegst du von mir." Das Licht der Taschenlampe lotete die Größe des Zweimannzeltes aus. „Aber wirst du es unter zwanzig Jungs überhaupt aushalten?"

Jig sah nur Tom, der eben wieder eine blonde Haarsträhne von den Augen wegblies und verlegen am Beinumschlag seiner Lederhose fummelte. Welcher Junge hatte je vor ihm gekniet und ihn so gewinnend angesehen? So ein Gefährte machte Mut, alles durchzustehen. Geistig schaltete Jig von Schwarzwaldtannen auf Heidekraut um. Von weichen Hotelbetten auf harte Erde. Vom sanften „Zeit aufzustehen, Junge!" zum „Hoch mit dir, Schlafmütze!" „Ich wollte eigentlich im Schwarzwald Dichter werden", bekannte er. „Wer weiß, ob die Heide mich inspiziert."

„He! *Inspiriert*, meinste wohl." Tom frohlockte. Des Dolmetschers Sohn war nicht fehlerlos, wie er befürchtet hatte. „Dichter werd' ich auch. Damit warten wir bis zum Herbst. Nichts gegen unsere Pfadfinder, nee! Aber die meisten von ihnen ham's nich so mit Bücherlesen."

„Dacht' ich mir."

Tom roch Jigs erneut steigende Unentschlossenheit. Den Mangel an Leselust hätte er unerwähnt lassen sollen. Er beschloß, Jig mit einem Köder festzunageln. Daß der ihn richtig gut leiden konnte, machte ihm heiße Ohren und ein wild klopfendes Herz. Außerdem hatte Jig im süßsauren Wechselbad dieses Freudentages alle Prüfungen auf Tauglichkeit mit eins plus bestanden.

„Heh, was is ’n mit deinen Pfoten?" sagte er. „Wedelste dauernd mit rum! Hamse noch Lust auf ’n Kick? Eben mal auf dem Rücken hemmen. Na, willste?"

Jig nahm an, diese Frage würde allabendlich sein letztes Stündlein im Zelt einläuten, sobald alle pfadfinderischen Verpflichtungen abgehakt waren und Schlafengehen angesagt wurde. Aber Toms vertrauliche Sprache enthielt keinerlei Drohung. „Okay", seufzte er.

Tom zog Lederschnur aus der Tasche. Den neuen Drei-Meter-fünfzig-Giganten. „Null Knoten", versprach er. „Da hast du gute Karten zu entwischen. Kommst du los, darfst du dich in den Ferien mit deinem Teddybär langweilen. Im Schwarzwald. Schaffst du es aber nicht, sagen wir, in einer halben Stunde, hast du mich am Hals. Im Heidelager. Ohne Wenn und Aber. Versprochen?"

„Was zieht er mich immer mit meinem Teddy auf?" murrte Jig unhörbar. Er vergewisserte sich wegen des Schwierigkeitsgrades: „Kein einziger Knoten?"

„Nö, null. Werden nur eingewickelt, deine Patschen."

„Hast du da nicht die schlechteren Karten?"

„Wer’n wa ja sehen."

Toms Slang betörte Jig. Steil ging es abwärts in die Niederungen von Gefangennehmen und Willenlosigkeit. „Ich verspreche es!" versicherte er aufgewühlt.

„Großes Ehrenwort?"

„Wenn ich’s doch sage!"

„Kein Rückzieher?"

„Nein! Auf Ehre und Gewissen. Schätze jedoch, wie ich deine Murksriemen kenne – mich wirst du dann nicht sehen. In der Heide, meine ich."

Das sagte er nur halbherzig. Allmählich setzte sich bei ihm die Erkenntnis durch, von Tom untergebuttert zu werden sei in Anbetracht der bisherigen Gemeinsamkeiten weit interessanter als Schwarzwälder Butter zum Frühstück, garniert mit den Ermahnungen seiner Mama: „Schmier dicker aufs Brot! Sollst doch zunehmen! Dafür bist du hier."

Während der Herausforderer sich an seinen Handgelenken zu schaffen machte, überlegte Jig, ob der beliebte Junge, abgesehen vom seichten, flatterhaften Umgang, dem Kleingeld unter Schülern, wirklich so gesellig sei, wie alle glaubten. Da Tom seine Pluspunkte heraushängen ließ wie ein betörender Fliegenpilz, täuschte man sich schnell in ihm. Im Grunde war er ein anmutig trockener Pilz, an erhöhten Plätzen stehend. Den man gern pflückte und mit nach Hause nahm. Um dann aus der Bestimmungstafel zu erfahren, voll genießbar werde er erst nach umständlicher Zubereitung. Was wäre er, Jig, für ein Pilz? Einer, der sich unscheinbar in die Farne duckte, zwischen diese pflanzlichen Mitstreiter aus der Urzeit. Pilze gehörten nicht zu den pflanzlichen Lebewesen. Sie waren eben Pilze. Sonderlinge mit Namen wie Tom und Jig.

„Heh, heh, Tom! Was machst du da? So hatte ich ja im Wald die Eisendinger um. Aus denen du mich befreien mußtest."

„Ja. Egal, wie man das erreicht – das nenne ich eine Armgeige." Jigs rechte Hand war an das linke Ellbogengelenk geschnürt. Nun band Tom Jigs linke Hand an den rechten Ellbogen. Er zog beide Windungen stramm zusammen, fädelte die Riemenenden mehrmals hindurch und verflocht sie miteinander. „Zeit läuft." Jig bekam einen ermunternden Klaps. „Die Wette gilt. Du kommst mit in die Heide. Es sei denn, du kannst dich befreien."

Jig protestierte: „Du wolltest dir meine Hände vornehmen. Von den Ellbogen war keine Rede."

„Ich sagte, auf dem Rücken hemmen. Frag halt nach, wenn dir nicht klar ist, wie genau. Von wegen Murks! Und mit was du mich sonst veräppelst."

Jig stieß empört die Luft aus. „Du hast mich reingelegt! Niemand kann da von selbst raus."

„Siehst du?! Kriegst nur deine eigene Wortklauberei zurück. Und hör auf, an den Riemen zu zerren. Selbst Lutz Viehfeger könnte die nicht zerreißen."

Jig erspähte sich im Wandspiegel. Seine Arme waren zu einem Rechteck regelrecht verkeilt. Es spannte bis hinauf in die Schultern. Die Handgelenke waren so eng an die Ellbogen gebunden, daß er sie nicht im Geringsten drehen konnte. Knisternd schoß eine heiße Welle durch den Körper, verharrte zwischen den Beinen, fuhr wieder aufwärts und entzündete ein heftiges Feuer im Kopf. Nochmals sträubte er sich mit aller Kraft gegen die Schnur. Dabei fühlte er sich schauerlich wohl. „Oh, Tom", flüsterte er, „du hinterlistiger Teufel!"

Der Teufel kicherte geschmeichelt. Er wußte nicht, wie ihm geschah. Wieso Jigs Hilflosigkeit ihn so antörnte! Die Hände des Knaben hingen tatenlos wie schlappe Fahnen auf Halbmast. Am liebsten hätte er sich noch Daumen und Finger vorgenommen. Nur, um an Jig weiter herumzufummeln.

„Und du hast keinen einzigen Knoten gemacht?"

„Nein! Mein Ehrenwort gegen deins." Tom rüttelte zufrieden an Jigs Oberarmen. „Leder haftet auf Leder ganz anders als Schnur auf Schnur. Der Riemen ist mehrfach mit sich selbst verschlungen. So was ist viel schwieriger loszukriegen als irgendein Knoten."

„O Mann! Ich gebe auf", sagte Jig. „Du hast gewonnen! Aber deine Armgeige kriegst du im Ferienlager zurück. Mach dich auf was gefaßt. In der Nordheide lauert die gefürchtete gelbgrüne Quallennessel. Deinen Hosenlatz lockern – und rein damit! Wenn du dann wieder keine Unterhose anhast... Autsch! Wie wird das unter den Murmeln rumoren?!"

Sorgenvoll studierte er den Waldboden. Aus Richtung Robledo de Chavela schienen jetzt mehr Ameisen aufzumarschieren. An der harten Haut der nackten Füße zeigten sie kein Interesse. Der lange Weg zu den duftenden Weichteilen des Körpers führte durch den Tunnel der engen Hosenröhren. Anzunehmen, daß die Königin zuerst einen behelmten Trupp Kundschafter abkommandieren würde. Stachelte der Geruch seiner angepißten Jeans den Eifer der Tiere an? Über Ameisen wußte er wenig. Gehorsam gegenüber der Königin und Fleiß gehörten zu ihren Eigenschaften. Sie würden nicht unterscheiden können, ob er freiwillig oder zwangsweise an der Steineiche verharrte, aber er bangte, in puncto Demontage seien sie nicht nur für totes Fleisch, sondern auch für lebende tierische Organismen programmiert.

Es begann zu regnen. „Wir gehen rein", ordnete Tom an. „Ich muß das Dokument aufsetzen, mit dem du um Aufnahme in mein Zelt bittest."

„Darum muß ich bitten? Muß doch sehr bitten! Wenn drum gebeten werden muß..."

„Quatsch nicht immer so 'n Blech! Du scheinst drum zu betteln, mal Schärferes kennenzulernen, als bei euch daheim müde in der Flurecke zu stehen...!" Tom hatte Jig ins Haus geschoben und öffnete eine schmale Tür im Flur. Plötzlich hielt er einen dünnen Rohrstock in der Hand. Er ließ ihn mehrmals durch die Luft pfeifen, bevor er ihn auf Jigs Kehrseite knallte.

„Au!" brüllte Jig.

„Passend zum Arsch versohlen gefesselt, Sir", erläuterte Tom. „Bitte zu überprüfen, Sir, mit der Armgeige kommen Ihre Hände nicht in die Quere." Wusch, wusch, tanzte die bananenfarbene Bambusgerte vor Jigs Augen herum. „Achtung, Sir, es gibt mal ordentlich Senge!"

„Scheiße, nein!" schrie Jig.

„Ja, fluch nur! Das nützt dir gar nichts." Tom hatte leichtes Spiel. Den Hals des Wehrlosen umklammernd, beugte er Jig nieder und drosch ihm den Stock mehrmals wuchtig über das Hinterteil. Dann schob er den schreienden Freund in die Besenkammer und drückte die Tür ins Schloß. „Das nächste Mal wirst du's ohne Hose spüren. Unter zwölf Streichen fang' ich gar nicht erst an! Jeder nackte Po im Universum versteht diese Sprache. Also überleg dir das mit den Quallennesseln genau. Wir vergleichen dann, was mehr Blasen zieht."

Zuerst war Jig wütend. Doch bald beruhigte er sich. Tom mit Brennesseln zu traktieren, hielt sein Gerechtigkeitsgefühl ihm vor, sei überspitzt gewesen. Der Lederbengel hatte ja gleich Genugtuung angemeldet. Genugtuung war in Ordnung. Jig glaubte nicht, daß Tom jemanden grundlos verdreschen würde. So wie Klassenkamerad Lutz Viehfeger, der dafür bekannt war, andere beim geringsten Vorwand nur so aus Jux und Tollerei zu verprügeln. „Was glotzt du denn so? Brauchste 'ne Abreibung? In welcher Ecke willste später liegen...?" An sich war Tom rücksichtsvoll. Erst recht, sobald man zu seinen Freunden zählte. Da ging er mit körperlicher Gewalt sparsam um. Im Grunde war ihm als Schwächerem von Tom noch kein Haar gekrümmt worden, selbst beim Rangeln nicht. Andererseits wollte der auf Ausgleich bedachte Tom ihm nichts schuldig bleiben. Brennesseln in die Hose stopfen – Jig staunte über seinen unerhörten Mut, diesen Vorschlag, den er aus einem Abenteuerbuch aufgeschnappt hatte, an jemandem auszuprobieren, den er erst ein paar Tage näher kannte. Dafür stand er nun in der Besenkammer. Ein winziges Viereck nach Art eines Lüftungsschachts. So eng, daß er sich weder umdrehen noch die Knie abwinkeln konnte. Alles in allem war er märchenhaft schön gebunden wie niemals zuvor. Und sein Hintern schmerzte kaum. Der lederne Hosenboden mochte das meiste abgefangen haben.

Jig fiel ein, daß Tom sich manchmal in der Schule wie ein alter Mann unbeholfen erhoben hatte, wenn er aufgerufen wurde. Als hätte ihm etwas arge Schmerzen verursacht. Konnte gut sein, daß Tom väterliche Züchtigungen nackt erdulden mußte. Er hielt auch für möglich, daß der Kürschner die Strafe mit einem schweren Gürtel vollzog. Damit es saftig schnalzte und eindringlich das Warum verdeutlichte. Biblisch betrachtet, erhielt man so einen Vorgeschmack auf Höllenqualen. Wie in Dantes Göttlicher Komödie, wo Jig nur mittels aufschlußreicher Illustrationen dem schwierigen Text einigermaßen folgen konnte. Das Peinigungsprinzip als Sühne für Fehltritte stand ihm inzwischen klar vor Augen. Der Aufbau der Hölle wirkte bezüglich interessanter Gerätschaften wie Ketten, Peitschen und jeder Menge Seile zum Aufhängen an den Füßen weit lebenswerter als der Himmel mit dem ständigen Halleluja-Gerufe und Milchreis zum Frühstück. Fraglos zöge er ein Dasein als Höllenbewohner dem ewigen Leben vor, das die Heilige Schrift versprach. Auch wenn er tagelang hungern und dürsten müßte und es so Fürchtenswertes gab wie Böcke, auf denen man zum Auspeitschen mit abgewinkelten Beinen und prall gespannten Hinterbacken festgeschnallt wurde. Vielleicht durfte man einen Lieblingsfolterknecht wählen. Selbstredend würde das Tom werden. Der ihn in Anbetracht alter Vertrautheit mit seinem Bambusstecken nicht züchtigte, sondern kitzelnd auf dem Po herumfiedelte. Früher oder später nach dem pausenlos wiederholten Singsang „Ach du meine zarte Arschgeige!" würde er die Pflicht gegenüber dem Oberprügelmeister, vorgeschriebene Strenge walten zu lassen, mit einem einzigen brutalen Streich erfüllen. Ein Hieb wie mit einem glühenden Feuerhaken. ...Zratsch...!

„Jiggy –? Sagtest du was?"

„Mann, laß mich raus! Bevor ich ersticke."

„Schwachsinn! Du erstickst nicht. Oben in der Tür ist ein Lüftungsschlitz. Ich war schon mal zwei Tage lang eingekerkert. Ununterbrochen."

„Spinner!"

„Nur Wasser und Brot."

„Bei dir piept es ja! Mach die Tür auf. Bevor deine Eltern zurück sind. Die dir hübsch was geigen."

Siegesgewiß lachend, schlug sich Tom den Stock über die Schenkel. „Hi hi, Alfred hilft dir nicht die Bohne! Jungs unter sich müssen allein zurechtkommen. So sein Spruch. Auf seine Philosophie kann ich bauen."

Jetzt spürte Jig seine Arme aufmucken, die er nicht rühren konnte. Würde sein Vater das auch sagen, Jungs müssen allein zurechtkommen? Bestimmt nicht! Oder etwa doch...? Jig fühlte sein Herz wie Trommelschlag. Womöglich hatte Vater sich für die kommenden Ferien in den Kopf gesetzt, ihn als Jungen den für sein Alter längst fälligen Echtheitsproben auszuliefern. Ihm wurde heiß und kalt zugleich. Steckte Sir Elge dementsprechend mit Alfred bereits unter einer Decke? War Tom eingeweiht und als idealer Erfüllungsgehilfe gewonnen worden? Besaß der Raufbold einen Freibrief, Weichling Jig Elge nach eigenem Ermessen mit Lederschnur zu zwiebeln...? „Du läßt mich schleunigst aus diesem Loch raus, Tom! Ich will nach Hause gehen."

Durch das Lüftungsloch rieselte Schweigen. Wie eine

eiskalte Brise.

„Tom –? Hörst du nicht?"

„Äh..., bitte, nein! Tu mir das nicht an, Jiggy!" Des Ledermeisters Sohn entschloß sich, seine Karten wenigstens teilweise aufzudecken. „Das ist so: Alfred behauptet, 'n feiner Pinkel wie du und so 'n ruppiger Bengel wie ich, das kann nie und nimmer hinhauen. Ich hab' gesagt, das seh' ich anders. Jiggy ist gern bei uns. Und an mir hängt er wie 'ne Klette. Weil er mich mag. Genau wie ich ihn. Das kriegt Pa nicht auf die Reihe. Er glaubt es nicht. Also haben wir drum gewettet. Mein Taschengeld einen Monat lang verlieren, das ist mir schnuppe. Aber wenn du jetzt abhaust, hinterläßt du in meinem Kopf einen fürchterlichen Scherbenhaufen."

Jig war geplättet von Toms bewegendem Geständnis. Mit klopfendem Herzen setzte er zum Einlenken und zu einer Würdigung an. Da hörte er Stimmen. Die Haustür wurde aufgeschlossen.

Tom sagte etwas heiser: „Heh! Schon zurück?"

„Uns ist eingefallen, ihr beiden hättet Lust auf eine Partie Siebzehn und vier."

„Äh – gern", mümmelte Tom.

„Ist Jig oben?" fragte Alfred.

„Ähm – wahrscheinlich in der Toilette."

Ein Kleiderbügel klapperte. Gerda sagte: „Na so was! Wieder so ein riesiges Spinnennetz! Da werden wir doch gleich mal..."

Der Riegel schnappte und die Tür ging auf. Jig blinzelte ins Licht.

„Huh! Was machst du denn hier?"

„Wir spielen Verstecken", behauptete Tom, geistesgegenwärtig den Spielkameraden bevormundend.

Alfred trat näher. „Ihr spielt wohl eher Einschließen!?" Er zog den ihnen anvertrauten Jungen aus der

Besenkammer. Sah, was mit ihm los war. Sah Jigs ratloses Grinsen.

„Hat er selber vollbracht", erklärte Tom. „Die doppelte Armgeige. Dann ist er anscheinend gestolpert. Dabei wird die Tür zugefallen sein."

Alfred studierte die raffiniert zusammengebundenen Arme. Musterte die Besenkammer. Überlegend kratzte er sich am Kopf. „Ich muß schon sagen...! Nicht mal ein Zirkusartist könnte sich selber so verpacken. Geschweige denn wieder befreien."

Gerda schob Jig vollends aus der Besenkammer. „Habt ihr auch so viele Spinnentiere? Muß am feuchten Sommer liegen." Sie stellte den Schrubber zurück, über den sie ein Tuch gelegt hatte, und schloß die Tür. „Wir können auch Mensch ärgere dich nicht spielen, falls ihr das lieber mögt. Es gibt Erdbeerbowle und Salzstangen." Sie verschwand in der Küche.

Alfred untersuchte den Lederriemen an Jigs Armen. „Alle Achtung, Tom! Sauber und regelmäßig geschnitten. Freihändig, wie? Das wäre mir nicht besser gelungen." Mitfühlend schaute er Jig in die Augen. „An euren Ausreden müßt ihr freilich noch arbeiten... Hör mal, Jig, versteh mich recht: Zwei Jungs und was die treiben – da mische ich mich nicht ein. Weder unter den Pfadfindern noch bei uns im Haus. Bis einer mir mitteilt, daß was vollkommen gegen seinen Willen geschieht. Mit Petzen hat das dann nichts zu tun. Mal raus mit der Sprache! Ist zwischen dir und Tom alles in Ordnung?"

Jig hatte sein glaubwürdigstes Sonntagsgesicht aufgesetzt. „Alles bestens, Sir!"

Die Bambusgerte lag vor ihm auf dem Boden. Er hatte keinen Zweifel mehr, daß Alfred nach Toms Fehltritten damit das Taschengeld in starker Währung auszahlte. Auch wenn es verflucht weh tat, war es im Grunde eine lebendigere Methode, als ohne Abendessen weit vor der Zeit ins Bett geschickt zu werden. Und für die revolutionäre Gedanken fördernde Düsterkeit des Flurs, wo er steif in der Ecke zu stehen hatte, zöge er die pechschwarze Besenkammer vor. Die es zu Hause nicht gab.

„Alfred, ich wollte mich für die Einladung bedanken. Und für die Lederhose. Ist riesig nett von Ihnen."

Alfred lachte herzlich. „Scheinst dich schnell dran zu gewöhnen. Es ist Toms zweite Lederne. Ich hatte sie mit starkem Zwirn genäht, als er zehn war. Die hält noch lange! Bedanke dich bei ihm." Er zupfte seinen Sohn sachte am Ohr. „Tja – willst du Jig wieder in die Besenkammer stecken? Oder darf er bei Siebzehn und vier ein bißchen zuschauen?"

„Da lasse ich mit mir reden", sagte Tom erleichtert. Jig hatte dicht gehalten. Quietschvergnügt. machte er sich an seinen Armen zu schaffen. „Jedenfalls muß Jig meine Hose abdienen. Sonst begreift er nicht, was deutsche Handwerkskunst wert ist. Und deutsches Rindsleder! Nach dem Zähneputzen kriegt er den neuen Riemen wieder um. Er darf ihn sogar über Nacht anbehalten. Da möcht' ich mich nicht kleinlich zeigen."

„Uh!" sagte Alfred. „Heute treibst du's auf die harte Tour. Na ja, was soll's! Jig wird nach Salzstangen und Erdbeerbowle sowieso abhauen. In weiser Vorsicht."

„Können vor Lachen", frohlockte Tom. „Die Haustür ist verschlossen. Wie die Tür zum Hof. Durchs Fenster steigen traut er sich nicht. Er ist nicht schwindelfrei."

Während er Jig vollends losband, zischelte er ihm ins Ohr: „Mitgekriegt? Alfred und Gerda rühren keinen Finger für dich. Solange du nicht petzt, stehst du unter meiner Fuchtel. Wenn du aber petzt, wird mir heute noch was übergegeigt, daß es nur so raucht. Also hast du mich eigentlich ganz in *deiner* Fuchtel. So was Verrücktes ertes erlebt man nur mit durchtriebenen Rangen wie dir.‟

15

Die Ameisen hatten sich wieder zerstreut. Oder sie gingen einstweilen anderen Aufgaben nach. Doch fühlte er deutlich Späher herumkrabbeln, die seine Morphologie zu Protokoll nahmen. Nicht nur auf den Beinen. Einige waren bis zu den Murmeln vorgedrungen. Falls die Königin bereits Beißbefehle ausstellte, mußte er sich auf subtile Folter zwischen den Schenkeln gefaßt machen.

Er war sich darüber im klaren, daß er die Schublade mit Tom nur deshalb so weit geöffnet hatte, weil sie ihn von seiner hoffnungslosen Situation ablenkte. Die Kindheitsschublade. Die mit der Aufschrift *Jugend* zog er selten auf. Da ging es nicht nur um Erinnerungen. Er müßte Probleme aufarbeiten. Warum der vierzehnjährige Tom schon mit Mädchen herumgetan hatte, er erst viel später und jetzt nur, wenn sie ihm wie von selbst ins Bett fielen. Warum der keineswegs unbegabte Tom mit fünfzehn die Schule verlassen hatte und Lehrling in der Werkstatt seines Vaters wurde, obgleich eine gründlichere Schulbildung für ihn auch im Hinblick auf Geselle und Meister vorteilhaft gewesen wäre. Warum hatte er, Jig Elge, lustlos weitergelernt und lustlos studiert? Irgendwo war die Lust als Triebfeder für Lebensfreude in der Kinderschublade steckengeblieben.

Statt siebzehn und vier setzte Tom ein kompliziertes Würfelspiel durch. Prinzessinnen wurden von einer Hexe gefangen gehalten. Ritter hatten sie zu erlösen. Dies war nur durch eine Sechs mit Folgewurf möglich. Sonst mußten sie selber im Bannkreis des Hexenhauses verharren. Zum Zeichen der Verzauberung bekamen die

Holzkegel Ringe aus Silberdraht angelegt. „Mini-Hand-schellen", behauptete Tom. Er war eifersüchtig gewor-den, weil seine Eltern Jig so selbstverständlich über den Kopf strichen, als wäre auch er ihr Sohn. Bei ihm ver-gingen Wochen ohne solche Aufmerksamkeiten. Außer-dem hatten seine Eltern noch nicht geschnallt, daß Jigs glänzende dunkle Haare so gut wie in seinem Besitz wa-ren. Wie Jig insgesamt. Mit niedergeschlagenem Blick tat er wieder so, als sei er Mister Oberschüchtern, dessen flinkem Augenrollen aber nichts entging. Die Salzstan-gen raspelte er geräuschvoll mit geschürzten Lippen. Tom hätte ihm am liebsten die rotkarierte Stoffserviette in die Gusche gestopft.

„Ich konnte Jig im Zelt auf unser Lager einstimmen", meldete er. „Elge junior wird mitkommen."

„So? Doch nicht etwa gnadenhalber?!" fragte Alfred betont ironisch.

Tom patschte Jig vertraulich auf den Schenkel und ließ die Hand dort liegen. „Schätze, der Knabe ist jetzt ganz wild auf die Lüneburger Heide."

Nach der Bedenkzeit in der Besenkammer kam Jig sich erbärmlich vor. Seine Eltern wollten ihn im Ferien-lager unterbringen, damit er nette Gefährten kennenlern-te, und er spielte auf Rührmichnichtan. „Bitte, Alfred, es tut mir leid! Ich habe mich dumm benommen. Ich dach-te, ich wäre nur eine Last für Sie ... für dich. Ich kann ja nichts von dem, was Pfadfinder können."

„Oh, das lernst du schnell", sagte Alfred versöhnlich. „Und da du mit dem eigenwilligen Tom klarkommst, wird es mit den andern Jungs spielend klappen."

Jig nickte zuversichtlich.

„Aber kann ich mich denn auf deinen Entschluß voll und ganz verlassen?"

„Ja, Alfred. Und ich freue mich wirklich auf die Zeit

bei euch. Hab' es ja auch Tom mit Handschlag versprochen. Wegen bei ihm im Zelt und so."

„Uiih!" Alfred legte den Kopf schief. „Dann werde nicht wortbrüchig! Tom ist da sehr altmodisch. Er würde dich zum Duell fordern."

„Da bin ich genauso altmodisch. Ich halte Wort." Jig hielt beschwörend den Daumen in die Höhe. „Um mich aufs Ferienlager einzustimmen, hieß Tom mich gleich die Zeltordnung unterschreiben. Ich darf weder Puppen noch Teddys mitbringen. Keinen Regenschirm und keine Knallerbsen. Und insbesondere nicht..."

„Du hast was unterschreiben müssen –!?" Alfred betrachtete grübelnd die beiden Knaben.

„Tom hatte letztes Jahr doch noch mit seiner Puppe gespielt", erinnerte sich Gerda. Sie nahm ihre Brille ab. „Wo ist die überhaupt hingekommen?"

Tom schwieg. Er legte seine Hand quer über Jiggys Hand. Weil der beim Würfeln nicht an der Reihe war. Er warf eine Fünf und zog seine Figur. Tack, tack, tack...
Seine nicht im Hexenbann befindliche Prinzessin langte am verzauberten Prinzen Jig an. Dem sie die Beringung abnehmen durfte.

„Gerda hat dich was gefragt", mahnte Alfred.

„Hab' ich Onkel Paul geschenkt", knautschte Tom hervor. „Für Cousine Silke." Es verdroß ihn, daß Gerda frisch-fröhlich seine Puppe ausplauderte. Denn Jig besaß mit dem Teddy die stärkere Figur im Bett.

„Geschenkt –? So, so! Weil Paul dir seinen Festnahmekram verschafft hat", folgerte Alfred.

„Na ja, eine Hand wäscht die andere", krächzte Tom.

„Hört mal! Was immer in dieser Zeltordnung steht... Lederriemen dürft ihr mitnehmen. Genügend Schnur hat sowieso jeder mitzubringen. Aber Handschellen – die haben bei uns Pfadfindern nichts zu suchen. Kapiert?"

„Ja", sagte Tom. „Jiggy in Ketten – da fängt der sowieso schnell an zu heulen."

„Und bitte: Ich will lesen, was du da zusammengeschmiert hast. Eine Zeltordnung! So was Dämliches kann nur dir einfallen."

„Äh – das geht leider nicht. Das Dokument ist geheim!" verdeutlichte Tom.

„Hol es sofort her!" befahl der Kürschner. „Oder die Riemen für eure Spielchen werden auch gestrichen."

Jig fand dieses verschachtelte System kleiner Erpressungen überaus reizvoll. Gab es bei ihm zu Hause nicht. Dort zogen Moral und Vernunft Grenzen, die selten überschritten wurden. Daß die eisernen Geschwister zu Hause bleiben mußten, erleichterte ihn. Sie hatten ihn vorhin im Zelt boshaft angekeilt. „Wirst schon sehen, wie wir dich das Fürchten lehren! Die Schlüssel hat nur der Chef." Aber Tom und er ohne Lederriemen? Dann konnte ihm die ganze Heide gestohlen bleiben.

„Tja, Alfred..., also, das ist blöd gelaufen... Da es geheim ist, zwang Tom mich, das Schriftstück aufzuessen. Die doppelte Armgeige ließ mir keine Wahl. Zudem drohte er mit einer Fußgeige. Und dem Kohlenkeller."

Alfred musterte fasziniert den neuesten Favoriten seines Sohnes. Der war aus weit härterem Holz geschnitzt, als er angenommen hatte. Sein Lümmel Tom schlug gelegentlich mit Verrücktheiten über die Stränge. In der Schule gezüchtigt durch eine Fünf in Betragen, zu Hause mit dem Stock. Er hatte gedacht, Jig mit seinem ruhigen Wesen würde begradigend wirken. Das Gegenteil war der Fall. Zu einem spitzbübischen Schlingel bekam er einen zweiten dazu. Er hätte es wissen müssen. Äpfel fielen nicht weit vom Baum. Elge war umgänglich und gutgesinnt, als Akademiker keinen Deut herablassend. Doch im Gespräch mit ihm bewegte man sich auf spiegelglattem Parkett. Der frappierend trinkfeste Dolmetscher hatte ihm Jig wie eine exotische Frucht beschrieben, die sich durchaus zu pflücken lohne, eine sprechende Frucht, die mit Wörtern andere gern trunken mache. Ihn hatte er mit einer lüttjen Lage Schankbier und Korn nach der anderen trunken gemacht. Genau genommen hatte er ihm dieses Früchtchen aufgehalst. Sein Bruder Paul pflegte auf solche Menschen zu sagen: „Sie argumentieren wie die Jesuten." Mit einem düsteren und zugleich amüsierten Blick auf die Jungen brach er die Ermittlungen ab. „Eine recht jesutische Lösung, Wörter zu verschlingen wie ein belegtes Brot. Aber sei's drum... Schlafenszeit! Marsch ins Bett, ihr beiden!"

Gehorsam erhoben sich die Knaben. Alfred hörte sie halblaut tuscheln.

Sein Sohn fragte: „Was is 'n das, *jesutisch*?"

„*Jesu-i-tisch*... Ist so was wie scheinheilige Moral."

Dann quietschte oben unter der Dachschräge die Tür zu Toms Reich.

„Wann", murrte Alfred, „schmiert unser Sohn mal die Türangeln? Der schmiert nur seine Lederriemen ein. Verschwendet mein teures Pferdefett. Mit widerstandsfähig und so kann man's auch übertreiben."

Gerda meinte kopfschüttelnd: „Von Armgeigen habe ich noch nie gehört."

„Das ist pfiffig angewandtes Fesseln. Gehört zu rauhen Jungenspielen. Ist typisch für das Alter."

Seine Frau nickte. „Alf, da stellt sich die Frage: Fesselt Tom seine Spielgefährten, *damit* sie nicht abhauen? Oder hauen sie ab, *weil* er sie fesseln möchte?"

„Ha!" sagte Alfred. „Du bist ja gut! Das ist ein herrliches Beispiel für jesutischen Hickhack!" Zerstreut holte er die Weinkaraffe und Gläser aus dem Geschirrschrank. „Täuschen wir uns nicht", sagte er. „Tom wik-

kelt den netten Jungen zum Erbarmen ein. Aber der wik-
kelt gleichzeitig Tom um den kleinen Finger, ohne daß
er es merkt. Hast du gesehen, wie unser Sohn sanft errö-
tet, wenn Jig ihn warmherzig anblickt? Schätze, Tom hat
endlich mal seinen Meister gefunden. Einen Meister,
den Toms Kraftmeierei in keiner Weise beeindruckt."

16

Nach dem Zähneputzen machten die Jungen es sich
im Dachzimmer gemütlich. Jig sah Toms Bücher durch.
Bekannte Gestalten tauchten auf. Tom Sawyer, Alice im
Wunderland, Old Shatterhand und Winnetou, Peter
Pan... Darauf ließ sich aufbauen. Auch auf Donald Duck
und Mickey Maus. Jig besaß kaum Hefte davon und
auch sonst keine Comics. Dagegen fehlten Hauffs Märchen, die Griechischen Sagen, die Geschichten um Kö-
nig Artus, Tausendundeine Nacht... Das alles würde er
Tom schon noch verklickern! Er schlug ein lilafarbenes
Heft mit dem Titel *Mundorgel* auf. „There is plenty of
gold, so I am told, in the Bay of Sacramento…" Offenbar Pfadfinderlieder. Das quadratische Heft war klein
gehalten, damit es in die Hosentasche paßte.

„Mann, ich bin so was von geschafft! Bin hundemü-
de." Tom verschränkte die Hände im Nacken und gähn-
te. „Hauen wir uns hin?"

Jig war eigentlich in Laune, ein paar Lieder auswen-
dig zu lernen. Doch hier war er Gast. Genötigt, sich an-
zupassen. Konnte nichts schaden, gleich damit zu beginnen. Denn das Pfadfinderleben würde eine Menge An-
passung erfordern.

Toms alter Schlafanzug war Jig reichlich kurz an Armen und Beinen. Ihm kam vor, Tom hatte einen aus seinem gut gefüllten Kleiderschrank herausgesucht, bei

108

dem er ungehindert an Hand- und Fußgelenke herankam. Für den nächsten Tag lagen graue Hemden und blaue Halstücher bereit. Einheitlich gekleidet würden sie zur Fahrradtour aufbrechen. Auf den Lederhosen räkelten sich die im Lampenlicht blinkenden Fesselknechte.

„Für die Ruhepausen in der Wildnis", hatte Tom erklärt. „Damit du nicht durchbrennst und verloren gehst."

„Pah! Dann hau' ich eben gehemmt ab."

„Denkste! Rechte Hand und linker Fuß werden zusammengekettet. Das schaue ich mir dann mal an, ob du derartig gehemmt noch abhauen kannst."

Das Bett knarrte unwillig über den Fremdling, als Jig sich hineinlegte. Jetzt spürte auch er, wie bleiern der Tag ihn erschöpft hatte. „Tom, ich will echt kein Spielverderber sein oder so – aber darf ich bitte in dieser Nacht frei sein? Ich schlafe zum ersten Mal woanders."

Des Kürschners Sohn stöhnte belustigt auf. „Mann, immer noch Bammel vor mir? Deine Nachtruhe ist mir heilig! Mußt nicht alles für bare Münze nehmen, was ich so rausschiebe."

„Tu' ich nicht. Will's bloß nicht mit dir verderben."

„Ich doch mit dir auch nicht." Tom löschte das Licht und schlüpfte in den Schlafsack am Boden. Alfred hatte vorgeschlagen, dem Gast gebühre das Bett. „Nacht, Jiggy. Ruf einfach, wenn du was brauchst."

„Danke. Gute Nacht, Tom."

Jig wälzte sich eine Weile herum. Bis er wußte, was ihm fehlte: Sein Teddybär. Dabei sah er das Bild wieder taghell: Rob, Toms nackten Körper unter sich, den er in Schach hielt, damit Pitt die Füße des Gefangenen binden konnte. Klarerweise war jeder Widerstand gegen zwei stärkere Jungen zwecklos, und Tom hatte sich gar nicht erst gewehrt, weil es Rob nur noch mehr angestachelt hätte, Dinge zu tun, die man nicht tat. Inzwischen hatte

Pitt die Handschellen gefunden. Rob konnte nicht widerstehen, sie Tom anzulegen. Genau das, so verdreht es je schien, beschützte den Jungen eisern. Denn eine Minute später begriff Rob, was er damit angerichtet hatte. Bei den Pfadfindern war er bereits rausgeflogen. Einem zweiten Jungen übel mitzuspielen, egal auf welche Art, konnte ihn in Jugendarrest bringen. Also hatte er Tom die Dinger schleunigst wieder abnehmen wollen. Wie jedoch ohne Schlüssel? Darum hatte Rob Tom verwarnt, nicht zu petzen. Aus feiger, jämmerlicher Angst!

„Tom –?"

„...Ja?!"

Jig nahm seinen ganzen Mut zusammen. „Tom – dein Bett ist schön breit! Mit Platz für uns beide." Jig lauschte mit klopfendem Herzen. Wäre schade, wenn der aufregendste Junge, den er bisher kennengelernt hatte, das irgendwie in die falsche Kehle bekäme.

Nach geraumer Weile raschelte es im dunklen Dachzimmer. „O Mann...", sagte Tom. „Na los, rutsch rüber! Fehlt dir wohl dein Teddy, was? Falls dir einfällt, deswegen nach Hause zu gehen – daraus wird nichts."

„Will ich ja nicht."

„Das hoff' ich stark." Tom schniefte verlegen. Was würden seine Eltern sagen, zwei große Jungs wie er und Jiggy im selben Bett? Er spürte, sie mochten Jig überaus gern. Wie noch keinen seiner Wochenendgäste. Ach wo, gar nichts würden sie sagen! Gerda und Alfred waren viel lässiger als die Alten von anderen Jungen. Täte Jiggy ihn mitten in der Nacht im Schlafsack einschnüren, ins Wohnzimmer schleifen und aufs Sofa packen, würde Alfred noch Beifall klatschen. „Die Rübe zeigt keinerlei Ehrfurcht vor meiner Nachtruhe, Sir. Wußte mir anders nicht zu helfen."

„Jiggy, wenn du mich ins Bett holst, weil du irgendeinen Plan hast mit Schlafwandeln und so was..."

„Ich hab' keinen Plan."

„...Mir dabei aus Versehen den Arm verdrehen..."

„Tu' ich nicht."

„Ich bin auch im Dunkeln der Stärkere. Klar?"

„Ja, Sir! Sie sind der Stärkere, Sir."

„Wirst dir ja denken können, wie ich dir Schlafwandeln und andere Unarten abgewöhne."

„Ja, weiß ich." Jig überlegte, ob es die Aufforderung sei, gleich in den Schlafsack umzuziehen. Doch Toms Wärme lud zum Bleiben ein.

Nach geraumer Weile flüsterte Tom: „Jiggy... Du mit 'nem Teddy im Zelt – das würde total komisch aussehen! Ich meine, wenn da mal jemand bei uns reinschaut. Und im Ferienlager schaut dauernd jemand rein."

„Brauch' gar keinen Teddy, Tom." Beherzt kuschelte sich Jig enger an seinen neuen Freund. „Hab' ja dich."

Dabei fiel ihm der Spruch ein, den seine Mutter melodisch vor sich hindudelte, saß sie an der Frisierkommode mit den vielen Spiegeln und machte sich für die Nacht zurecht: „Tu, was du willst! Aber tu es mit mir."

17

„So verdreht es erschien..." Plötzlich spürte Jig mit der Vision von Plagegeistern wie Rob und Pitt seinen Kampfgeist zurückkehren. Die Geschwister *Llama* mußten ihn freigeben! Es waren mindestens fünf Kilometer bis Robledo, und niemand streifte mitten in der Woche so weit vom Ort entfernt im Wald herum. Allenfalls Kinder. Leider begannen die Ferien erst nächsten Monat. Seine gestrengen Lieblinge, mit denen er auf du und du stand, würden schon gar nicht mögen, daß die Guardia Civil an einem Baum ihren Herrn fände, bei dem sie sich gut aufgehoben wußten. Dann brächte man sie und ihn in die Kaserne. Anders als in Deutschland war in Spanien der private Besitz von so etwas verboten, handelte es sich doch um reinen Polizei- und Militärkram. Von der Kaserne ins Gefängnis. Oder in die Klapsmühle. Wäre alles überstanden, würde man ihn des Landes verweisen. Er bekäme auf Jahre hinaus kein Visum, und seine *Llama* würde er nie wiedersehen. Die ihm zugetan waren, da er ihnen allabendlich über Kette und Schloßkästen strich und pünktlich am Monatsletzten ihr Gehalt auszahlte, ein halbes Dutzend Tropfen Waffenöl. Das Pärchen war süchtig nach seinen schmalen Gelenken. Immer bettelten sie wie die Fleischerin in der Markthalle: „Dürfte es etwas mehr sein? Dürfen wir bitte noch einen Zahn zulegen...?" In der weichen Gesäßtasche seiner Lederhose hatten sie es mit Bereitschaftsdienst viel heimeliger als in steinharten Polizistenetuis.

Rob und Pitt hatten vor langer Zeit beim Nackedei Tom am Hexenteich den Bogen überspannt. Jahre später hatte Tom ihn im Schlafsack vor seine Dachzimmertür gelegt und mit der bis zum Hals reichenden Kapuze unkenntlich zur namenlosen Person degradiert. Während er sich mit einem Mädchen im Bett vergnügte. Damit hatte der Lederbengel den Rahmen ihrer Spiele gesprengt und sich in Handlungen und moralischen Vorgaben Subjekten wie Rob und Pitt beträchtlich genähert.

Erst in den großen Ferien glättete sich ihr Verhältnis wieder. Jig ließ sich trotz seines ihm alles abfordernden Abiturjahres nochmals überreden, im Ferienlager Toms rechte Hand zu sein. Weil Alfred ihn bekniet hatte. Der fuhr zur internationalen Lederwarenmesse nach Offenbach am Main. Mit Elge als Dolmetscher. Ohne den er sich mit südfranzösischen Fabrikanten von Ziegen- und

112

Schafleder nicht verständigen konnte. Hernach wollten die Ehepaare einige Tage durch den Spessart wandern. Die Freundschaft zwischen Tom und Jig hatte erstaunlich enge Beziehungen zwischen ihren Eltern gestiftet, trotz höchst verschieden gelagerter Interessen.

Wegen des kolossal angewachsenen Zulaufs hatte der Kürschner die Pfadfinder für die großen Ferien altersmäßig geteilt. Ein Sportlehrer und ein Abiturient fuhren mit den Zehn- bis Dreizehnjährigen auf die Nordseeinsel Borkum, Tom mit dreißig Jungs zwischen vierzehn und sechzehn nach Undeloh in der Heide. Wobei zwei Studienreferendare nominell die Verantwortung übernahmen. Die beiden Männer schliefen als Einzige in der Jugendherberge, wo die Gruppe mit Frühstück und Abendessen verpflegt wurde. Hauptsächlich büffelten sie für das zweite Staatsexamen. Einteilung und Durchführung des praktischen Tagesablaufs überließen sie weitgehend den minderjährigen Führern, Tom und ihm. Nach wie vor bewohnten Tom und er dasselbe Zelt. Raufen und gegenseitiges Überwältigen im Schutz der Dunkelheit, das war vorbei, und im Grunde verboten sich derlei Absonderlichkeiten für sie im Rover-Rang. Allerdings gab es beim großen Geländewettkampf eine Art Epilog zu ihren jahrelangen Spielen, als dessen Regisseur manchen Zutaten zufolge nur Tom in Frage kam.

Am Abend zuvor hatte Tom ihm eröffnet, er warte auf den Einberufungsbefehl der Bundeswehr. Er müsse die vollen achtzehn Monate Wehrdienst ableisten.

„Bist du auch schon gemustert, Jig?"

„Ja, natürlich."

„Ha, eventuell werden wir zusammen eingezogen!"

„Glaube ich nicht. Ich bin auf Tauglichkeit vier gestellt. In Reserve. Da wird man so schnell nicht gezogen. Wenn ich ans Studium denke..."

„Wieso bist du T4 gemustert?" Tom richtete sich auf.

„Was –? Ach so... Tja, wegen mangelnder Belastbarkeit des Skeletts."

Stickiges Schweigen. Schließlich sagte Tom: „Jiggy, du weißt, daß du okay bist. Der Bescheid läßt sich anfechten. Wir könnten Onkel Paul einspannen."

„Ich will nichts anfechten."

Tom hatte Jigs schmale Schultern förmlich mit Blicken durchbohrt. „Ist mir klar, du willst nicht. Dein Vater war ja auch nicht im Krieg wie meiner. Der unser Land heute wieder verteidigen würde. Wie seinerzeit gegen die russische Gefahr aus dem Osten."

„Mein Vater kämpfte genau zwischen den Fronten, Tom. In Frankreich. Mit den Waffen des Kopfes. Frag ihn mal nach seiner Gratwanderung zwischen dem Vichy-Regime und der Exilregierung in London. Ein Wunder, daß er von keiner Seite erschossen worden war."

„Gerade deshalb könntest du..."

„Hör schon auf! Ich bin froh, daß man mich in Ruhe studieren läßt. *Vier* ist ja nicht endgültig. Die Ärzte werden mich in einigen Jahren nochmals untersuchen."

„Dazu kommt es doch kaum", sagte Tom bitter. Ihm hatte es nie gepaßt, daß Jig mit seinen schwachen Muskeln kokettierte.

Sie hatten die halbe Nacht diskutiert und zu wenig Schlaf bekommen. Als er Tom nach dem Frühstück um Dispens vom Geländespiel bat, war er verblüfft, daß sein Freund ihn, ohne zu murren, für den ganzen Tag entließ. Er trollte sich zufrieden. Jahrelang hatte sich dasselbe Szenario ergeben. Ohne rechten Kampfgeist wurde er bald aufgespürt, gefangen gesetzt und mit verbundenen Augen stundenlang von frechen Knirpsen bewacht, die schmatzend ein Bonbon nach dem andern lutschten. Als leicht zu überwältigende Beute war er ein konstanter

Schandfleck seiner Gruppe. Wieder und wieder vorgeführt zu bekommen, daß man als Junge ohne kräftige Glieder in gewisser Hinsicht nicht zählte, dafür hatte er bei all seiner Beredsamkeit noch keine verteidigende Strategie gefunden.

„Quatsch kein dummes Zeug, Jig! Weil wir gut gelaunt sind, darfst du einen Baum wählen. Aber getrödelt wird nicht. Wenn du's lieber grob magst, suchen wir einen aus und führen dich mit verdrehten Armen hin."

Nach dem Mittagessen schrieb Jig an seine Eltern. Es nieselte, so setzte er sich ins Zelt. Das Wetter pendelte unentschieden zwischen dicht bewölkt und zaghafter Sonne. Er hörte, wie Tom mit seinen drei Unterführern die Einteilung besprach und der ganzen Truppe die Geländegrenzen einschärfte. Ab ein Uhr herrschte Ruhe zwischen den Zelten. Alle waren ausgeschwärmt.

Tom sagte zu Jig: „Dann will ich mich mal unters Volk mischen und nach dem Rechten sehen. Allzu rabiate Übergriffe werden nicht geduldet, du weißt ja. Heh, mach dich besser vom Acker! Ich hab' vergessen, ausdrücklich kundzutun, daß die Lehrer und du *nicht* mitspielen. Also könnten die Jungs euch in blindem Eifer hopsnehmen. Dabei würde die Ausrede, ihr wärt wegen Kopfarbeit freigestellt, wenig nützen."

Damit spielte Tom plump auf seinen Vater im Krieg an. Doch Jig verkniff sich eine Zurechtweisung. „Okay! Ich werd' ein bißchen wandern. Heideluft schöpfen."

„Tu das. Bis dann!"

Er hatte sich tatsächlich vorgenommen, tüchtig zu laufen, tief in die Heide nach Westen, in unbewohntes Gebiet. Das Geländespiel fand im Dorf und geringfügig über die Ortsgrenzen hinweg statt. So konnte er sicher sein, ein paar Stunden lang keine Jungenbeine zu sehen.

Nach etwa zwei Kilometern wähnte er, daß ihm jemand folgte. Er versteckte sich auf dem Boden liegend im Gebüsch. Zwei Jungs in Pfadfinderkluft! Nicht zu erkennen, wer. Was hatten die so weit weg vom Spielfeld zu suchen? Ihn? Abwartend verharrte er reglos. Nach zehn Minuten schien die Luft rein. Die Burschen waren verschwunden. Als er sich hochrappelte, sah er, daß er sich bei der Forsthütte befand, die der Herbergsvater schon vor Jahren als verlassen bezeichnet hatte. Wegen des historischen Fachwerks riß man sie nicht ab. Nun erinnerte sich Jig auch an den einen Steinwurf entfernten Tümpel, ein Wahrzeichen der sumpfigen Landschaft.

Er ging um die Hütte herum. Auf der Wetterseite schimmelte das Holz. Gegenüber war es trocken, durchzogen von zahllosen Einkerbungen in Schneideschrift. Tom und er hatten sich in ihrem ersten Sommer hier verewigt, doch fand er die Stelle nicht wieder. Er klappte sein Taschenmesser auf und erneuerte den Bund aus ihrem Jubeljahr: *Tom + Jig 1957.*

Als er das Messer zurücksteckte, schrak er zusammen. Hinter ihm standen wie aus dem Boden gestampft zwei Jungen.

„Hallo, Jig." Max und Moritz, die Zwillinge! Diese blonden, blauäugigen Vierzehnjährigen waren Alfreds Vorzeigepfadfinder, sobald offizielle Anlässe abzuspulen waren. Wenn Leute von der Zeitung kamen.

„Heh! Was habt ihr im freien Feld zu suchen? So weit weg von den Spielgrenzen!?"

Grinsend warfen sie sich einen Blick zu. „Jig, auch Rover dürfen beim Geländewettkampf nicht abhauen. Das zählt als Fahnenflucht! Du kennst ja wohl die Regeln!? Und dein Versprechen, sie einzuhalten."

„Ja. Kenne ich! Aber ich spiel' ja gar nicht mit."

Wieder wechselten die Jungen einen langen Blick.

„Hast du dich krank gemeldet? Nein! Hast du nicht. Alle spielen ohne Einschränkung mit, hat der Chef gesagt. Und? Alle sind gleich zu behandeln! Wie gewöhnlich."

„Du liebe Zeit! Er wird bei der Hektik vergessen haben, meinen freien Nachmittag bekanntzugeben."

„Tom vergißt so bald nichts. Deine Aussage steht gegen seine. Also müssen wir das im Lager klären." Der eine zog Schnur aus der Hosentasche. „Du bist festgenommen, Jig. Leg bitte die Arme auf den Rücken!"

Er starrte auf die dünne Leine. Bis er merkte, daß er was anderes erwartet hatte. Onkel Pauls Geschenk. An zufälliges Aufspüren glaubte er nicht. Sie waren auf ihn angesetzt und ihm gefolgt! Hatten ihn so weit laufen lassen, um ihn in Sicherheit zu wiegen. Nun wollten sie ihn nach der Logik des Geländespiels einsacken. „Da mach' ich bei euch nicht mit", sagte er abweisend.

„Du willst uns nicht gehorchen!?" fragte der eine.

„Nee, will er nicht!" übertönte ihn hell auflachend der mit der Schnur, die er ausgelassen vor dem Verhafteten herumwirbelte. „Haste leicht Schiß vor uns, Jig?"

An Kräften hatte er während der Adoleszenz zugelegt. Leider war die Muskulatur der schmalen Schultern und Arme ein schwacher Punkt geblieben. Im Judo vermochte er oft nicht genügend Kraft zu entwickeln, um seine Griffe durchzusetzen. Sollte er es hier auf einen Kampf ankommen lassen? Sein Blick taxierte die Gefechtsstärke der beiden Pfadfinder, deren Uniform an die einer Militärstreife gemahnte. Von den für ihr Alter recht strammen Jungen würde ihn wahrscheinlich einer allein schaffen. Gegen beide hatte er nicht die geringste Chance. Flucht bot die einzige Alternative...

„Aber da kommt ja Tom!" rief er und wies mit ausgestrecktem Arm in das unübersichtliche, mit hoch aufschießendem Wacholder bestandene Gelände.

Verdutzt drehten sie sich um. „Wo?"

Wie der Blitz war er auf und davon. Und er war immer noch flink, im Hundertmeterlauf Zweitbester des Gymnasiums. Er lief um seine Ehre. Gegen Toms hinterhältig angerichtete Gemeinheit.

Er forderte seinen Beinen alles ab, was sie hergaben. Doch auf längere Distanz waren die sportlich durchtrainierten Burschen ihm an Ausdauer überlegen. Beharrlich rückten sie näher. Schließlich brachten sie ihn zu Fall. Sofort saßen sie auf ihm drauf und preßten sein Gesicht ins Gras. Unter ihrem zweifachen Gewicht wurde ihm die Luft knapp, zumal er vom Gewaltspurt heftiger keuchte als die Pfadfinder. Augenblicklich tat er seine Kapitulation kund, indem er mit beiden Handflächen auf den Boden schlug. Beinahe sanft bemächtigten sie sich seiner Arme, banden dennoch die Hände unsinnig streng auf dem Rücken zusammen. Dann streckten sie sich für eine Verschnaufpause lang im Gras aus.

„Unsere Verehrung, Jig! Du läufst wie ein Wiesel! Kann einem fast leid tun, daß du verloren hast."

Er wälzte sich auf die Seite und warf einen Blick auf seine Wächter. Tief seufzte er auf. So weit war er abgesackt! Sich von vier Jahre Jüngeren in die Pfanne hauen zu lassen.

„Jig, gib uns Bescheid, wenn du wieder richtig Puste hast. Eilig ham wir's nicht."

Er setzte sich auf. Schließlich saßen sie zu dritt im Kreis, er mit düsterer Miene, die Zwillinge siegreich dreinschauend. Castor und Pollux, der Stolz Spartas.

Sie glichen sich wie das sprichwörtliche Ei einem anderen. Gleiche Gesichter, gleicher Haarschnitt, gleiche Kleidung und Turnschuhe. „Willste 'n Kaugummi?"

Jig verneinte, rief sich ins Gedächtnis, wer von den

118

beiden wer war. Unterscheiden konnte man sie am seitlichen Messertäschchen der Lederhosen. Max hatte die bundesdeutsche Flagge aufgenäht, Moritz die pfadfinderische gelbe Schwertlilie. Abweichend von vielen durch die Pubertät verunsicherten Knaben waren sie selbstbewußt. Es versöhnte Jig, wie überaus zutraulich sie ihn mit glänzenden Augen anblickten. Geradezu zärtlich.

Er glaubte nicht, daß die Jungs mit verbalem Donnerwetter – „Was glaubt ihr wohl?" – in die Schranken zu weisen wären. Im realen Krieg gehorchten die Gegner einem an sich berechtigten Veto auch nicht. Nach den vor Eifer rotwangigen Gesichtern und ihren rechtschaffenen Mienen brauchte er keine Grobheiten zu befürchten. So hatten er und Tom vor wenigen Jahren selbstvergessen gespielt. Wäre er nicht ein Scheusal, den beiden das Vergnügen an ihrem kitzligen Auftrag mit autoritärem Gehabe zu verderben? Sie würden ihn insgeheim verachten. Er war selber schuld, sich fangen zu lassen.

Max fragte: „Können wir dann?"

Willig zog Jig die Knie an, wollte sich hochstemmen, fiel dabei wieder auf die Seite.

Also halfen sie ihm beim Aufstehen. „Jig, wir müssen dich noch transportfertig machen."

„Bin ich doch schon."

„Biste nich!" Die Dioskuren grinsten. „Kriegste die Augen verbunden! Wir führen dich. Nicht, daß du uns noch mal abhaust. Ein Häftling, der uns entwischt! Wär' eine affengeile Blamage! Und Knebeln könnte auch nichts schaden." Sie knufften ihn augenzwinkernd in die Rippen. „Ist ja allseits bekannt, wie du einen mit Geschwafel in Grund und Boden stampfst. Wie die Sirenen den alten Odysseus auf seinem Kahn. Am Ende wären wir die Vertäuten am Mastbaum."

„Hallo, ihr Quälgeister –!" rief er empört, „Knebeln

119

ist strengstens verboten."

„Ja, normalerweise. Für heute hat Tom es eigens erlaubt. Solange die Gefangenen zuverlässig beaufsichtigt werden. Haste das auch nicht mitgekriegt?"

„Hört mal – knebeln laß' ich mich keinesfalls!"

„Nee? Keinesfalls?" Jetzt bogen sich die Zwillinge vor Lachen. „Probieren wir's gleich mal, Jig! Tut nicht weh." Moritz nahm ihm das Halstuch ab. Das faltete er mehrfach zum Steckknebel, umwand ihn mit Schnur, deren Enden, im Nacken zugeknotet, soliden Verbleib garantieren würden. „Öffnen Sie bitte ihren Mund, Sir!"

„Halt! – Gibt es denn keinen Spielraum zum Verhandeln?" versuchte er dem Ärgsten zu entgehen.

„Jig! Als Festgenommener haste nichts zu melden!" informierte Max.

„Pfadfinder sind nicht bestechlich", belehrte Moritz.

„Also was gäbe es da zu verhandeln?" klang die Sentenz zweistimmig, obzwar nur Max gesprochen hatte. So als Oberzwilling.

„Leute, ich merke, daß ihr voll am Drücker seid."

„Du hast es erfaßt!"

„Ich will nicht in den Lagerkerker... Ihr könnt mich doch woanders einbuchten. Hier irgendwo. Dann krieg' ich zumindest, was ich seit Tagen dringend nötig habe: Mal zwei Stunden Ruhe! Abseits von aller Unrast."

Moritz blies seinen Kaugummi zu einem Ballon auf. Peng! Er tuschelte Max eine Weile ins Ohr. Jig vernahm *Ruhe... Warum nicht...? Soll er haben!* Max nickte und entließ auch eine riesige Kugel aus dem Mund. Flatsch!

„Okay!" beschied der Oberzwilling. „Knebeln ist erlassen. Doch können wir dich von hier nicht gleich nach Spielende abholen. Da anschließend der beliebteste Rover gewählt wird. Also wollen wir dann keine Klagen hören. Überleg dir, ob du so lange durchhalten kannst."

„Damit krieg' ich kein Problem." Wenn sie wüßten, wie häufig er auf den Lederbengel Stunde um Stunde gewartet hatte, um die Freiheit wiederzuerlangen.

Mit seinem Halstuch blind gemacht, führten sie ihn in das Wacholderdickicht des Heidewaldes. Abseits von Weg und Steg dirigierten sie ihn an eine Birke und banden ihm die Knie an. Dann machten sie seine Hände los. Albern versuchte er, gegen die vier Bubenfäuste aufzubegehren. Lachend faßten die Jungs nach seinen Armen und schnürten die Handgelenke hinter dem Stamm fachgerecht über Kreuz zusammen. Ein Klassiker mit Schnur einer Sorte, die im Sturm Zelte am Boden hielt.

„Wanderer", begann Jig schicksalsergeben zu deklamieren, „kommst du nach Sparta..."

Es hatte ihn seltsam angemutet, sich in der Gewalt belesener Gymnasiasten zu befinden. Die beiden ergänzten wie aus einem Mund: „...Verkünde dort, du habest uns hier liegen gesehen, wie das Gesetz es befahl."

„Stehen gesehen...", versuchte er sie spitzfindig aufs Glatteis zu führen.

„Nee, Jig! Die toten Spartaner lagen am Boden. Du kannst dein Leben noch richtig genießen."

„Danke", sagte er angerührt.

In unverständlichem Gemurmel steckten sie die Köpfe zusammen. Schlugen vor: „Willst du lieber sitzen?"

„Wie großzügig!" rief er spottend. „Ja, wenn sich das ausnahmsweise einrichten ließe."

Nach längerer Diskussion entschied Max: „Hafterleichterung kostet 'n Fünfer."

„Seid ihr noch zu retten? Pfadfinder und billige Erpressung?"

„Haste die Wahl", sagte Moritz. „Wenn dir ein Stehplatz lieber ist, kriegste zu den Knien gratis die Füße eingepackt. Und die Augen stellen wir wieder auf Null."

„Himmel, nein! Bloß das nicht!"

Max kritzelte, Moritz' Rücken als Schreibplatte benutzend, auf einen Zettel und hielt ihn dem Gefangenen vor die Nase. *Jig Elge zahlt an Überbringer fünf Mäuse oder geht in Beugehaft. Undeloh in der Nordheide am...*

„Ihr seid ja ausgekochte Schlawiner!" sagte er kopfschüttelnd. „Also gut! Ich unterschreibe nachher."

„Nee, gleich!" Moritz bückte sich ins Heidekraut. Er zerquetschte eine Blaubeere, färbte Jigs Daumen ein und drückte ihn auf den Schuldschein.

Danach machten die Jungen seine Knie los und halfen ihm, sich hinzusetzen. Feixend überprüften sie nochmals seine Handfesseln, zupften ihn frech an den Ohren und machten ihm klar: „Von allein kommste da nie los, Jig. Das haste davon. Wider Willen mußt du doch noch mitspielen. Mutterseelenallein. Finden tut dich in dieser Einsamkeit keine Menschenseele."

„Und wenn ihr mich nicht wiederfindet?"

„Das wär' irgendwie blöd", gab Max zu. „Kennste ja wohl das Gedicht von Annette Hülshoff, Der Knabe Jig im Moor. *...Seine bleichenden Knöchelchen fände spät ein Gräber im Moorgeschwele.*"

„Als Tertianer seid ihr ganz schön keck, wißt ihr das? Das werd' ich euch heimzahlen."

„Biste bei uns jederzeit herzlich willkommen, Jig."

Beschwingt gestikulierend liefen sie davon. Energiegeladene Gestalten, die nach dieser spektakulärsten Gefangennahme des Tages weiteren Scharmützeln entgegenfieberten und sich nicht mehr umdrehten. Jig konnte ja nicht wissen, daß sie ihn wie einen Tanzbären im Kreis herumgeführt hatten. Er saß grade mal schwache fünfzig Meter von der alten Forsthütte entfernt.

Natürlich probierte Jig geduldig, ob er die Hände loskriegen konnte. Gar nichts ging. Mit den Fingern gelang es nicht, die Schnur zu erfassen. Nur die Daumen ertasteten Stränge, die von beiden Gelenken wegführten. Wohin...? Der dicke Birkenstamm nahm ihm die Sicht auf die Hände, doch die Arme lagen soeben noch im Blickfeld. Ha, wie schlau ersonnen! Beide Enden der soliden Zeltschnur waren über den Ellbogen an den Oberarmen befestigt und mehrfach verknotet. Wenn auch die Zwillinge seinen Händen Spielraum gewährt hatten, damit sie nicht taub wurden, sich rauswinden war unmöglich. An die Ellbogen reichten nicht einmal die Fingerspitzen heran. Zwei hellen Köpfchen war eingeschärft worden, wie Jig mit ein paar zusätzlichen Knoten für sich selbst unerreichbar erledigt werden konnte. Er äugte nach dem Taschenmesser. Weg! Offenbar hatten Max und Moritz es mitgenommen, um ihm jeden artistischen Trick mit Beinarbeit abzudrehen. Als er mit aller Kraft erprobte, die Banden zu sprengen, schnitten sie bissig in die Haut. Hämisch kicherte der Geist der Schnur. „Da kannste mit voller Kraft rumhampeln, Bubi! Mit deinen Ärmchen wirste bei mir keinen Eindruck schinden."

Er hockte ohne Halstuch, Symbol der Pfadfinderehre, an einem Ort, wo Fuchs und Hase sich gute Nacht sagen. War vielleicht unklug gewesen, einen Platz vorzuziehen, wo er seine Ruhe hatte, um welchen Wanderer aber wegen des morastigen Untergrundes einen weiten Bogen schlugen. *Seine bleichenden Knöchelchen...* Die Zwillinge hatten in einer halben Stunde mehr Literatur zitiert als Tom im vergangenen Jahr. Stachen großartig heraus, die lebhaften Jungs, aus dem bezüglich Lesen eher matten Pfadfinderklüngel.

Das abgekartete Spiel hatte er sich fahrlässig selbst eingebrockt, bestätigt durch Art und Weise des luftigen Einkerkerns in Toms Handschrift. Des Kürschners Sohn war wie der Vater naturverbunden und Verfechter einfachen Lebens ohne Luxus, der vom Wesentlichen ablenkte. Das Wesentliche hatte bis in ihre Spiele abgefärbt, wo es Tom nie schnell genug gehen konnte.

„Was fummelst du Umstandskrämer denn da so lange?" war sein Standardtadel gewesen.

„Ich möchte was Neues ausprobieren."

„Da gibt's nichts Neues. Die Pfoten mit Strippe hinter dem Rücken kreuzigen, das kannten schon die Altbiblischen. Der gute Abraham hat uns diese geniale Erfindung geschenkt. Jiggylein, was glaubste? Würdste nich mit deiner hübschen Fresse so einen anrührend zu Herzen gehenden Isaak abgeben?"

Außerbiblisch hatte Tom hartnäckig betrieben, seinem Patenonkel von der Bundeswehr dessen Festnahmewerkzeug abzuluchsen. Doch wie eng es je auf dem Rücken angelegt wurde, die verbindenden Kettenglieder ließen so viel Spielraum, daß man die Arme über Hintern und Beine nach vorn bekam. Erst ein Baum ermöglichte damit sicheres und dauerhaftes Verwahren.

„Jiggy, ein quirliges Bürschchen wie du gehört sorgsam an einen Baumstamm gestellt! Ganz gleich, ob mit Schnur oder in Eisen. Da bist du garantiert am Arsch."

Erfinderisch hatte Tom einst Jigs Handgelenke aufeinandergepreßt und mit einer Schelle umschlossen. Mit der anderen hatte er ihn an den dünnen, aber äußerst robusten Stamm einer jungen Buche gekettet. „Schluß mit lustig, du Wicht!" Nicht die üble Einengung, die bei der kleinsten Bewegung weh tat, sondern der *Wicht* hatte zu einigen Tagen eisigen Zerwürfnisses geführt.

Überlegte er es sich genau, kopierte er mit seiner eigenen Inszenierung hier in der Sierra de Ávila Abenteuer aus den Wäldern des Weserberglandes oder Pfadfindererlebnisse in der Lüneburger Heide. Er lächelte geradezu übermütig. Irgendwie stärkte ihn der Rundgang durch Vergangenes auch mächtig am Körper. Jetzt fühlte er sich zehnmal besser. Weil die Hitze nachließ und die Ameisen sich zurückgezogen hatten. So auf Anhieb schien er ihnen nicht zu schmecken.

Zerwürfnisse mit Tom? Sie waren nie von Dauer gewesen. Am nächsten Samstag, nachdem Gerda, die die Jungen mit feinem Gespür überwachte, ihm am Schultor mitgeteilt hatte, es gebe Himbeertorte mit Schlagsahne, wagte er sich mutig neben den Lederbengel an den Kaffeetisch. Der tat so, als hätte er ihn noch nie gesehen. Wie an den vergangenen Tagen in der Schule.

Wohl begriff Jig den Spruch seines Vaters: *Der Klügere gibt nach.* Im Umgang mit Tom hatte er ihn jedoch zweckdienlich umgeformt: *Der Klügere greift an.* Er wartete, bis die Kaffeetafel aufgehoben wurde und die Eltern abräumten. Mit einem als Schleuder benutzten Kaffeelöffel katapultierte er Tom einen Schlagsahnerest wie einen Gnadenschuß mitten auf die Stirn.

„Schwein! Na warte!"

Jig entwich behende in den Garten. Wo sie lauernd auf einen Erfolg versprechenden Angriff um Beete mit hochrankenden Erbsen und Tomaten herumtigerten.

Für den Anfang warf Tom den Fehdehandschuh verbal zurück: „Haste ja endlich Mumm geschöpft! Trauste dich auch mit mich innen finstern Wald?"

„Wenn ich mir die Handklemmen krich. Für dir."

„Red vernünftig deutsch, Boy! Oder es setzt gleich was. Setzen tut es sowieso was."

Das war Geplänkel in der Art eines Pausenzeichens. Tom hatte sehnlichst darauf gewartet, daß Jig nicht mehr trotzig muckschte. Beglückt stopfte er ihm die stählerne

Acht samt Schlüssel in die Hosentasche.

Und tief beglückt zogen beide los. Kaum hatten sie die Wanderwege im Wald verlassen, Vorbedingung für störungsfreies Erleben, blieb Tom stehen und legte die Arme auf den Rücken. „Nun mach schon!" Jig war erstaunt gewesen, daß Toms Handgelenke genauso in eine Schelle paßten wie seine. Die junge Buche hatte er sich genau gemerkt. Dort wurde Tom hingestellt.

„Pah, die reiß' ich mit Stumpf und Stiel aus!"

„Weder heute noch morgen, Lederbübchen."

„Ist das alles, was du an Schimpfwörtern diese Woche noch auf Lager hast?"

„Schluß mit lustig, Arschloch! Kettenkerker bis zum Abendessen. Ich will keinen Ton mehr hören! Ach, du meine Güte... Hast ja wieder keine Unterhose an! Ganz schön unvorsichtig. Nach dem Gewitter gestern stehen die Brennesseln in vollem Saft. Dann wollen wir mal..."

18

Erst als die Sonne sank, trabten die Zwillinge im Galopp heran und befreiten ihn.

„Mann, das war alles so spannend den ganzen Tag, da hätten wir dich fast vergessen."

Standen dann abwartend da, mit den Händen in den Hosentaschen, ob es eine saure Wortdusche setzen würde. Im Laufe des Nachmittags waren ihnen Bedenken gekommen, ob sie es mit dem sanften Jig nicht verscherzt hatten. Sie mochten ihn lieber als seinen lauten Freund, der nicht wußte, daß sie ihm den Spitznamen *Getöse-Tom* verpaßt hatten.

„Biste uns böse, Jig?"

Er stemmte sich mühsam hoch. Die Beine gehorchten nicht gleich. „Ich – böse? Quatsch! Hätt' mich vor euch

Schelmen rechtzeitig in Sicherheit bringen sollen." Er hatte Max und Moritz an den Haaren gezogen, als wollte er sie wie in der Geschichte von den bösen Buben ins Tintenfaß tunken. „Etwas eher hätt' ich euch allerdings erwartet. Ich muß dringend pissen."

Auf dem Rückweg berichteten sie, auch die anderen drei Rover seien trotz langer und erbitterter Gegenwehr erledigt worden. Toms Unterführer hatten ihren Chef gegen die Referendare austauschen wollen. Die Antwort der gegnerischen Mannschaft lautete: Dürft ihr behalten! Wir behalten Tom! Insgesamt hatte Toms Gruppe gewonnen. Sie hatte die meisten Gefangenen gemacht.

„Tom war in Stinklaune, Jig. Hat wie ein Wilder gekämpft. Mit den zwei sechzehnjährigen Judoka in der anderen Gruppe. Ist ja klar, die wollen es voll wissen... Saustarke Profis, kleben 'ne Weile zäh an ihm. Kucken sich an, wo Tom seine Schwachpunkte hat, bevor sie auf Tuchfühlung gehen. Zwingen ihn wirklich runter. Tom werden Hände und Füße brutal eng auf dem Rücken zusammengebunden. So, wie er seinem Ärger Luft macht, ist er 'n schlechter Verlierer. Überschüttet seine Bezwinger mit Kraftausdrücken, heilige Maria – solche ham wir noch nie gehört! Ha, die Judoka zahlen es ihm heim. Knebeln ihn, streuen ihm Hagebuttenkerne in die Hose, vorn und hinten. Ist schofel, so was. Einer feixt: Zähneknirschend erprobt Tom Riemenschneider seine Lederschnur – die eigene Medizin. Unsere kriegt er gratis dazu. Zu was so 'n Gruppenspiel doch gut ist! Dann sehen sie uns... Ha! Jetzt seid ihr dran, ihr freches Gemüse! Wir wollten euch vorhin schon als Sandwich verpacken. Denkste! Im Judo haben sie 'ne Eins, im Geländelauf 'ne Sechs. Locker konnten wir entwischen."

Seine eigene Medizin! Gedankenverloren setzte Jig Fuß vor Fuß. Er hatte Tom mehrmals belehrt, den Umgang mit Schnur müsse man Pfadfindern hauptsächlich an Astwerk und Zeltstangen beibringen, mit sparsam dosierten Abstechern zu Hand- und Fußgelenken. In dieser Reihenfolge. Nicht umgekehrt! Man könne es mit den Fertigkeiten echter deutscher Jungen auch übertreiben. Wie auch immer, gründete sich die Faszination solcher Geländespiele auf die Erlaubnis, daß Jungs, ihre Kräfte messend, sich ungeniert austoben durften. Auf der gerechten Grundlage eines *Wie du mir, so ich dir*.

Ein Stoß in die Rippen traf ihn „Hörste denn nich zu? Biste fürs nächste Jahr beliebtester Rover, Jig!"

„Was –?"

„Echt! Mit neunzehn Stimmen."

„Das kann nur ein Irrtum sein."

„Nee, Jig. Tom hat nur neun gekriegt."

„Heiliges Kanonenrohr!" murmelte er wie zu sich selbst. Er rechnete nach. Die Referendare taten ihm leid. Verantwortung zu tragen, belohnten ihre dreißig Schäfchen mit grade mal zwei Stimmen.

Max und Moritz fragten, ob sie mal zu ihm nach Hause kommen dürften. Seine Lieblingsbücher anschauen. Die Schallplatten. Seine Schulaufsätze lesen, von denen erst kürzlich einer im Brackelsteiner Tagblatt veröffentlicht worden war. Über Nacht bleiben. Sie würden Schlafsäcke und Coca-Cola mitbringen, auch Kaugummi, eine Liste ihrer Lieblingsautoren... Vor Eifer verhaspelten sie sich in der Aufzählung. Er hielt an, beugte sich nieder, tat so, als sei ihm ein Stein in den Schuh geraten. Folgerichtig blieben die Jungen stehen, ohne ihr munteres Gezwitscher zu unterbrechen. Unauffällig studierte er ihre Mienen, während er den Turnschuh auf- und wieder zuband. Sie wirkten arglos, ohne Falschheit. Zwei ehrliche Häute. Sie würden es nicht durchschauen, falls Tom ihnen in gewisser Hinterhältigkeit auch diesen

Floh ins Ohr gesetzt hatte: *Bei Jiggy und Sir Elge lohnt es sich zu landen.* Wollte er provozieren, sein Jiggy mache stinknormalen Jungen, freilich ein paar Jahre jünger als er, ihre speziellen Spielchen schmackhaft?

„Meine Bücher und Schallplatten könnt ihr euch alle Tage nach der Schule anschauen. Zusammen was lesen und so, das sollten wir bei Tom machen. Der hat zwei Zelte im Garten. Mit Luftmatratzen zum Übernachten. Wart ihr denn noch nie bei ihm?"

„Doch. Na ja... Schon." Begeistert klang es nicht.

Als sei er dabei, ihnen das nächste spannende Erlebnis mit dem Rover des Jahres, Jig Elge, zu verhageln.

„Heh...!" Die Zwillinge umschlangen seine Arme.

Sollte er wegen fünf Mark Schulden oder zwecks Erpressen eines Hausbesuch sofort in Beugehaft kommen?

„Jetzt mußt du uns verschnüren, Jig."

„Himmel, warum das?"

„Haben wir uns ausgedacht. Hör zu! Ich nehme ein kühles Bad im Tümpel neben der Forsthütte. Während Max dich vom Baum losbindet. Du schnallst den Moment der Vergeltung. Überwältigst Max. Führst ihn ran. Ich bin noch im Wasser. Schnappst dir meine Kleidung. Läßt mir die Wahl. Unehrenhaft nackig heimwärts oder ehrenhaft gefangen. So lieferst du uns im Lager ab. Als gejagte Jäger. Na? Wie findest du den Plan?"

Er fand ihn blödsinnig. Wer mit klarem Geist würde in einem morastigen Tümpel baden? Aber er wollte endlich was trinken und beim Abendessen sitzen. „Fabelhafte Idee! Habt ihr noch Schnur dabei?"

„Jede Menge."

„Dann mal her damit!" Wie er ihren Plan in die Tat umsetzte, hielten die Zwillinge mucksmäuschenstill, als schlage Sir Jig sie zu Rittern seines Gefolges.

„Tu uns bitte nicht knebeln, Jig!"

„Hört mal, ich habe noch nie jemand geknebelt. Ist entwürdigend! Ihr habt es mir ja auch erspart." Er gab beiden einen Schubs. „Los, ihr Racker! Im Gleichschritt – marsch!"

Nachdem sie so im Spiel mit Jig für ausgleichende Gerechtigkeit gesorgt hatten, nahmen sie ihr fröhliches Geplauder wieder auf. Daheim lasen sie im Bett vor dem Einschlafen. Verbotenerweise bei Taschenlampenlicht. Derzeit Hermann Hesse. Max las *Narziß und Goldmund*, Moritz *Demian*.

„Da habt ihr euch bestes Deutsch vorgenommen. Das wird sich in euren Aufsätzen niederschlagen." Ihm fiel ein, wie wenig Tom je an Literatur gelegen und der sich von ihm absolut nichts abgeschaut hatte. Irgendwie hatten die Zwillinge an diesem Nachmittag gleich sein Herz berührt. Als Leseratten fand er sie erst recht entzückend. „Sagt mal, spielt ihr auch Schach?"

„Seit fünf Jahren. Wir sind Klassenbeste, Jig!"

„Tja... Dann kommt doch mal auf einen Schachabend zu uns. Wir rücken meinem Vater auf die Pelle. Obwohl wir keinen Blumentopf gewinnen können. Er ist jüngst Landesmeister im Fürstentum geworden."

„Pah! Verlieren macht uns nichts aus."

„Also abgemacht!" Bis sie Undeloh erreichten, hatte er sich selbst die Hände auf den Rücken gebunden und die Lederschnur straff verschlungen.

Die Zwillinge staunten hell begeistert über diese Geschicklichkeit. „Kommste da auch wieder raus?"

„Nee. Das funktioniert wie ein Schnappschloß."

„Soll'n wir dich nicht loszumachen versuchen, bevor wir im Lager sind? Wegen Autorität und so."

„Autorität raushängen lassen, das liegt mir gar nicht. Ich sitze gern mit euch im selben Boot. Außerdem kriegt ihr gefesselt die Schnur nur mit dem Messer auf. Also,

Toms handgemachte Riemen einfach so zerschneiden –
das tut ihm in der Seele weh."

Bei der Ankunft im Lager instruierte er alle offenen
Münder, sie seien jungen Pionieren des Arbeiter- und
Bauernparadieses in die Hände gefallen, einem zu allem
entschlossenen Trupp, der in geheimdienstlichem Auf-
trag die Elbe durchschwommen hatte, um westdeutschen
Jungen mal zu zeigen, was eine sozialistische Harke ist.
Nur kapitalistische Läuferqualitäten hätten die Zwillinge
und ihn vor der Verschleppung nach Sibirien bewahrt.

„Wer's glaubt, wird selig", kommentierte Tom mit
säuerlicher Miene.

Sie hatten dann alle ums Feuer gesessen und gesun-
gen. *What shall we do with the cheeky boy scouts, what
shall we do with the captured rover, what shall we do
with the beaten Tommy, early in the evening...?* Tom
hatte ob der Anspielung bezüglich seiner Niederlage
Humor bewiesen und auf der Gitarre begleitet.

Später, als Ruhe eingekehrt war, hatte Tom im Zelt
gesagt, die Zwillinge hätten angenommen, er würde sich
befreien können. Als er beim Abendessen fehlte, seien
die Jungs perplex gewesen. „Vielleicht schauspielernd?"

„Tom, du weißt genau, daß deine Vasallen das Handwerk beherrschen wie wir selbst. Ich würde morgen früh
noch dort hocken."

„Na ja, Jiggy... Ich mische mich nicht ein. Folge da
ganz und gar Alfreds Linie. Wenn du dich von Zwergen
fangen läßt..."

„So, du mischst dich nicht ein! Fragst genausowenig,
wo habt ihr eure Gefangenen gelassen? Da vorm Schlafengehen durchgezählt wird. Im übrigen sind Max und
Moritz keine Zwerge, sondern drahtige Sportler. Wie die
Judoka, die dich und deine Muskeln besiegt haben."

„Die habe ich unterschätzt", sagte Tom bitter. „Wie ich unterschätzt habe, daß dir so viele Jungen begeistert nachlaufen."

„Das wußte ich nicht. Wie mir nicht bewußt war, daß du mir damals nachgelaufen bist."

„O ja... Und das würde ich wieder tun." Tom hatte feuchte Augen bekommen. „Was die Zwillinge betrifft, die verehren dich klammheimlich schon lange. Hatten sich bloß nicht an Jig Elge, den Primaner, rangetraut. Dein Vater bemerkte es und legte ihnen ein Kuckucksei ins Nest. Ich hab's selbst gehört: Holt euch beim großen Geländespiel meinen Nibelungen-Boy! Erst recht, wenn er zu kneifen versucht. Schätze, er wird kneifen wollen! Also fangt ihn rechtzeitig ein und macht ihm mal richtig Feuer unter dem Arsch. Wie ich meinen Sohn kenne, werdet ihr danach zu seinen Freunden zählen."

„Einer von Sir Elges cleveren Schachzügen. Hab' mir so was gedacht. Denn die Zwillinge luden sich heute selbst ein. Ich wollte sie abwimmeln. Bis mir hinsichtlich Schach spielen aufging, mein Vater wird sie in jedem Fall ins Haus holen. Tja, Tom, das sind jetzt *meine* Vasallen. Zwei unglaublich treuherzige Jungs. Jemand mit Schnur außer Gefecht setzen? Das tun sie wie Kaugummi kauen! Es hat für sie absolut keine Bedeutung. Ich kann dir gar nicht sagen, wie froh mich das stimmt."

Tatendurstig wie Max und Moritz rückte er sich an der Steineiche zurecht. „*Jetzo muß das Werk gelingen, frisch Geselle, sei zur Hand...* Auf geht's, meine eisernen Gebieter! Habt euch nicht so! Seid nicht mehr beleidigt, weil ich euch wochenlang nicht angesehen habe! Da ist ein neuer Job, in dem ich mich zurechtfinden muß. Selma würde sagen, sähe sie euch in der Firma zwischen den Wörterbüchern auf meinem Schreibtisch:

Was soll der Unfug, Jig? Und erst Paco! Der würde denken, ich hätte ihm seine Handfesseln entwendet."

Paco, der Streifenpolizist, der den Verkehr auf der einen Steinwurf entfernten Plaza Cibeles regelte und zwischen den kurzen Schichten in der Firma Hilfsdienste versah, weil er nur mit einem zweiten Job über die Runden kam. Seine Ausrüstung legte er im Keller auf einen Stuhl. Die Pistole wollte Jig unter keinen Umständen anrühren, obgleich Paco ihn in Zigarettenpausen mehrfach dazu ermuntert hatte.

„¡Atrévete, alemán!"

Nein, Schußwaffen behagten ihm nicht. Prompt hatte Paco ihm Handschellen angelegt, gewissermaßen wegen renitenten Verhaltens. Dann hatte der athletische Polizist ihn mit eisernem Griff um einen Ellbogen zum Spießrutenlauf durch die Firma verdonnert.

Selma fragte: „Wieder mal Mumpitz im Kopf, Jig? Wann bekomme ich die Übersetzung für Torres und Betancourt?" Beinahe hatte er es erwartet, als sie ihm dann drohte: „Ich fürchte, ich muß Paco bitten, Sie in Fußeisen einzuschließen. Falls Sie weiter so herumtrödeln."

Nein, keine Sekunde weiter mit Erinnerungen vertrödeln! „Trollt euch, ihr schmeichlerischen Gestalten der Vergangenheit! Bin ja nicht mehr der Jammerlappen, der ich mal war. Jungs wie Max und Moritz haben mir eingeschärft, daß Kämpfen im Leben nicht die schlechteste Alternative ist."

Er preßte Rücken und Schultern so eng wie möglich an den Baumstamm. Ein energischer Ruck mit Beinen und Hüften. Und noch einer. O Wunder! – Die Arme rutschten tatsächlich über den Knorpel in der Rinde hinweg. Damit stand ihm die notwendige Bewegungsfreiheit für weiteres Vorgehen wieder zur Verfügung.

Sich in Position zu bringen, um die Schlüssel fassen zu können, das ging er nach den vorangehenden Erfahrungen mit äußerster Vorsicht an. Würden die Dinger mit einer unkontrollierten Handbewegung nochmals außer Reichweite gewedelt, wäre es endgültig aus. Eine zweite Reise um die Steineiche herum würde er keinesfalls schaffen.

Schließlich hatte er einen der Schlüssel fest in den Fingern. Aber die Suche nach der Schloßöffnung dauerte. Er kannte jeden Quadratmillimeter der *Llama* – sie auf dem Rücken blind zu manipulieren, und das hinter einem Baum, war immer noch eine kleine Herausforderung. Als der Schlüssel endlich steckte, versagte die unnatürlich abgewinkelte Hand den Dienst. Daumen und Zeigefinger konnten die starke Feder, die die Sperrklinke niederhielt, nicht genügend spreizen. Eine Weile versuchte er es mit entspannender Gymnastik. Es änderte nichts. Also nahm er die unbeholfenere Linke. Sie hatte Kraft. Schon der erste Versuch brachte den Schlüssel ins gegenüberliegende Schloß. Zunächst drehte er in die falsche Richtung. Der Bart stieß an den nicht aktivierten Riegel. Eine halbe Drehung zurück, dabei den Schlüssel konzentriert niederhaltend, damit er nicht herausrutschte, und ihn behutsam weiter bewegen, bis zum Widerstand der Feder. Noch ein Stückchen...

Alles in ihm war bis zum Zerreißen angestrengt. Die Blase nutzte die körperliche Hochspannung zu weiterer Entleerung. Angewidert schloß er die Augen. Nicht ablenken lassen, Jig! Die Finger befeligen! Den Schlüssel gerade halten! Nur nicht verbiegen, daß er im allerletzten Moment noch abbricht... Ra-ratsch! Kratzend schliff die Klinke über den aufspringenden Bügel.

Überglücklich schrie er auf. Als könne er es nicht fassen, löste er die Schelle wie in Zeitlupe vom Gelenk.

Erschüttert saß er da. Vor Erleichterung begann er zu heulen. Er war überzeugt gewesen, diese Eskapade sei mit dem Leben zu bezahlen. Eine Weile dachte er an gar nichts. Bis die Geschwister *Llama* sich maulend zu Wort meldeten. „Germanischer Spielverderber! Dich Heulsuse hatten wir doch so gut wie auf Nummer sicher."

„Haltet euer blödes Maul", sagte Jig, während er sich die Tränen abwischte. „Oder das Schmieröl wird gestrichen. Ich traktiere euch mit Salzwasser, bis ihr häßlichen Rost ansetzt und quietscht wie die rheumatischen Glieder eurer Urahnen. Falls ihr Glück habt, erbarmt sich ein Sammler und beschert euch einen Platz in seiner lichtlosen Vitrine. So eine für behinderte und verstümmelte Veteranen. Nie wieder ein Handgelenk sehen, geschweige denn umspannen – hört ihr zu? Ein Schreckgespenst für jede vitale Handschelle!"

Nachdem er sich eine Weile erholt hatte und die lahmen Arme wieder voll zu gebrauchen waren, besann er sich auf seine äußere Erscheinung. Er suchte nach der Quelle. Sie verbarg sich hinter dem struppigen Wall alten Buschwerks. Üppig sprudelte das Wasser aus dem felsigen Boden. Weiter vorn staute es sich in einer steinern eingefaßten Wanne, bevor es die kurvenreiche Reise ins Tal antrat. Er wusch die Jeans und das verschwitzte Hemd. Dann streckte er sich lang in der Senke aus.

Später trocknete ihn der warme Wind auf einer von Rosmarinsträuchern umstandenen Lichtung. Dabei meldeten sich Hunger und Durst. Ein gutes Zeichen. Das Dasein nahm seinen Fortgang. Trotz des niedrigen Sonnenstandes funkelten noch Strahlen im Geäst einer hochgewachsenen Pinie. Nackt schmiegte er sich an die kühle Erde. Hätte beinahe mein Grab werden können, dachte er und grinste. Die Regungen zwischen den Beinen wiesen voll ins Leben. Dabei fiel ihm der Kalauer seines Vaters ein. „Peng!" rief der Kraftprotz mit dem schwarzen Wuschelhaar. „Gleich noch einmal!" bat das Waldmädchen im moosigen Bett.

Beim Aufbruch flatterte ein Vogel neben ihm her, von Ast zu Ast. Die Elster! Schließlich zwitscherte sie: „Könnte ich eins von den niedlichen blanken Stäbchen bekommen?"

„Würde dir so passen", schimpfte er. „Zieh Leine!"

„Aber du hast doch zwei!"

„Genau die brauche ich! Und dich schicke ich in die ewigen Jagdgründe und versammle dich zu deinen Vätern, wenn du nicht augenblicklich Mücke machst." Fassungslos griff er sich an den Kopf. Diese fliegende Diebin hatte ihm den ganzen Nachmittag aufgelauert.

19

Im Zug nach Madrid kontrollierte die Guardia Civil die Ausweise. Die Fahrgäste hatten damit gerechnet. Allen war klar, die Regierung befürchtete, *Agents provocateurs* der Pariser Mai-Demonstrationen würden in Spanien einreisen und einen Flächenbrand entfachen.

„Ihr Visum läuft in vierzehn Tagen ab", sagte der Mann mit dem Lackhelm, während er den Paß durchblätterte. Die Achselstücke seines Uniformhemdes waren schweißnaß.

„Sí, Señor. Hab' die Verlängerung schon beantragt. Die Bestätigung ist eingestempelt."

Der Beamte überzeugte sich davon und nickte. Er gab Jig den Paß zurück und schenkte ihm einen wohlwollenden Blick. „¡Muy bien, hombre!"

Jig nahm es mit gemischten Gefühlen hin, daß die Deutschen in Francos Diktatur einen Stein im Brett hatten. Sein Blick fiel auf das schwarze Lederetui am Gürtel des Polizisten. Offenbar war die Verschlußklappe zwecks schnelleren Zugriffs abgetrennt worden. Schloßgehäuse und die zwei Kettenglieder der Handschellen waren sichtbar. Marke *Llama*, dasselbe Modell wie seines. Vorsichtshalber klemmte er die Hände zwischen die Schenkel, um nicht danach zu greifen. Denn für seine Füße konnte er ein zweites Paar gut gebrauchen. Leider war Paco weder mit Geld noch guten Worten zu bewegen, sein Exemplar herauszurücken. Mit offenem Mund saß er auf der harten Holzbank der dritten Klasse. Gerade erst einer bösen Situation entronnen – und schon wieder unternehmungslustig! Der Waggon schlingerte auf der kurvenreichen Strecke durch die Berge, schüttelte ihn hin und her. Wie Tom ihn durchgeschüttelt hatte, wenn ihm, Jig Elge, etwas besonders Leichtsinniges eingefallen war. Angewidert von sich selbst, betrachtete er die tief eingekerbten blauroten Rillen an beiden Gelenken, Spuren längerer Haft in zu engen Eisen. In El Escorial füllten sich die Abteile bis auf den letzten Platz. Die nackten Arme und Hände ließen sich vor den Mitreisenden nicht verbergen. Er stand auf und stellte sich ins Halbdunkel der Plattform zwischen den Waggons.

In Atocha angekommen, lief er zu einer Bar auf der Plaza Santa Ana. Dort wartete ein Gottlieb's, den er sehr schätzte. Der Flipper ließ sich mit Freispielen nicht lumpen, wohl weil die Kugeln allzu langsam abliefen. Entweder hatte David Gottlieb bei der Produktion dieser Pinball-Maschine die Spendierhosen angehabt, oder sie war falsch eingestellt. Den brennenden Durst löschte er mit mehreren San Miguel. In den vor Hunger bereits apathischen Magen schaufelte er eine gewaltige Ladung Kartoffel-Tortilla. Später saß er sinnend draußen, ließ den Tag in den Bergen Revue passieren. Tom würde so etwas nicht widerfahren. Der sah keinen Sinn darin, sich selbst zu hemmen, hatte es schon gehaßt, länger als eine halbe Stunde in Jiggys Gewalt zu sein. Oft hatte er sich bei ihren Spielen mit erwürfeltem Lösegeld freigekauft. Anfänglich waren für ein Würfelauge zehn Pfennig zu berappen gewesen, was jeden Sommer um eine Zehnermünze erhöht worden war. Unwillkürlich rechnete er nach. Heute wären sie bei eins zwanzig angekommen. Womit der Preis für das Pech, zwei Sechser zu würfeln, vierzehn Mark vierzig betragen würde. Doch Tom war verheiratet, durch Frau und Kind eingespannt in täglich wiederkehrende zahllose Verpflichtungen, die ihm keinerlei Freiraum für jegliche Art der früheren Spiele gewährten. Die Partnerin zum Mitspielen auffordern? Jig schüttelte den Kopf. Jene Partnerin würde Tom etwas husten. Das wußte er nach seinen Erfahrungen mit ihr.

Toms Sprunghaftigkeit hatte sich auf seinen Lebenslauf ausgewirkt. Am achtzehnten Geburtstag hatte er bekannt: „War ein großer Fehler, die Schule hinzuschmeißen. Mindestens hätte ich was anderes lernen sollen."

„Warum? Ihr habt ein gutgehendes Geschäft!?"

Tom verzog gequält das Gesicht. „Für meine Eltern wird's reichen. Nicht mehr für mich. Zum Beispiel Lederhosen. An denen Alfred fabelhaft verdient hatte. Wer kauft die noch? Jungs wie Mädchen tragen jetzt Blue Jeans. Alfred wollte in die DDR liefern. Aber dort wird Lederkram generell viel billiger produziert als bei uns. Wen kümmert da die schlechtere Qualität?!"

„Und was hast du nun vor?"

„Weiß ich nicht. Sag du mir, für was ich begabt bin."

Jig hätte fast den Frosch aus dem Mund gelassen: Mädchen den Kopf verdrehen, das kannst du! Wie du mir den Kopf verdreht hast... Ungewiß zuckte er die

Schultern. „Mit der Lehre bist du ja fertig. Mach deinen Meisterbrief. Handwerk hat goldenen Boden. Statt kurzen Lederhosen lange. Verarbeite statt Spaltleder Volleder. Schwarzes Nappa. Kommt neuerdings in Mode."

„Ja, lange Hosen sehen damit geil aus", bestätigte Tom. „Und fühlen sich am Körper auch supergeil an. So was in knalleng – Mann, da kann einem heiß werden! In unserem Kaff trägt leider keiner welche."

„Doch", sagte Jig. „Elli hat eine."

Mit einer Stimme, als schöpfte er Zuversicht, bekannte Tom: „Die habe ich gemacht." Verwundert setzte er hinzu: „Wann hast du denn Elli gesehen?"

„Äh – ist eine ziemliche Weile her. Mal was von ihrem Bruder gehört?"

„Rob...? Der sitzt im Jugendknast. Hat ein Mädchen gegen dessen Willen bearbeitet."

„Tja, er kann's wohl nicht lassen. Was ist mit seinem Stiefellecker Pitt?"

„Pitt... Der ist zur Fremdenlegion abgeschwirrt. Die nehmen solche Hohlköpfe, ohne viel zu fragen."

Mit der Metro fuhr er heim. Im Zimmer seiner Wirtin schlug er ein nagelneues Notizheft auf. Mit rotem Buntstift schrieb er: *Die anrührende Ballade der gefühlvoll verbundenen Jungen Lederbengel Tom und Handschellen Jig.* Links und rechts malte er rote Herzen zur Überschrift. Fügte einschränkend hinzu: *Arbeitstitel.*

Lange kaute er, auf das weiße, mit Spitzen durchsetzte Tischtuch starrend, am pedantisch gespitzten Bleistift. Klopfte sich damit nervös auf die Finger. Der Anfang war das Schwierigste an jeder Story. Schließlich tropften die ersten Worte hin: *Aux intelligents et aux sensibles. Henry de Montherlant, 1967.* Die Widmung des Franzosen für sein Alterswerk *Les garçons* hatte es ihm angetan. Es paßte auf Jungs wie Tom und ihn. Allerdings waren sie bei weitem nicht so beispiellos albern und sorglos aufgetreten wie die ständig schäkernden Pariser Lycéens im Roman, der kurz vor dem Ersten Weltkrieg spielte. Nach dem Zweiten Weltkrieg war es weit ernster zugegangen. Toms vielfach rauhbeiniges Auftreten spiegelte die unfreiwillige Hilfe im Handwerksbetrieb seines Vaters wider. Der seinen Sohn mehr oder weniger bewußt nach dem idealisierten Bild eines deutschen Jungen drakonisch erzog, im Scherbenhaufen einer Zeit, in der man sich notgedrungen an althergebrachte Ideale zu klammern versuchte. Hatte jemand wie Jig das Glück, Tom näher kennenzulernen, gab der sich, wie er wirklich war: sensibel, rücksichtsvoll, kameradschaftlich.

Jig starrte auf seine Gespielen neben dem Schreibzeug, die er mit einem von Toms dünnen Lederriemen zusammengepfercht hatte. Sie schimpften über ihre Gefangenschaft. „Drei Tage verschärfter Knast!" sagte er. „Ich will keinen Ton mehr hören! Oder ich verstopfe eure Schlüssellöcher mit ausgelutschtem Kaugummi."

Vom Balkon wehte kühlend Luft und der Krach des pausenlosen, vierspurigen Verkehrs der sich kreuzenden Straßen Conde de Peñalver und Alcántara. Seine Unterwäsche baumelte auf einer dünnen Plastikleine... Es war einfach Pech: Tom hatte schlicht die Falsche geheiratet!

„Sie ahnt nicht, daß ich gern mal gefesselt bin. *Wäre,* muß ich jetzt wohl sagen. Wäscheleine würde ich nicht verschmähen." Tom seufzte. „Es ist vorbei. Und du...?"

„Ich –? Ah, ich möchte mir gern Handschellen kaufen. Du willst mir deine ja nicht überlassen."

„Auf keinen Fall! Obzwar es eigentlich unsere sind. Beide haben wir viel drin gesteckt. Weißt du noch? Die Wanderung im Solling, an deinem Fünfzehnten? Bei ei-

ner Rast kette ich dich an mich. Witzele albern: Damit
das Geburtstagskind nicht ausbüxt! Du sagst lachend:
Ich dachte grade, was tue ich, damit er mir nicht untreu
wird? Das Lachen vergeht, als einer ins Gebüsch muß.
Mann, beide Schlüssel lagen in der Jugendherberge! An-
einandergekettet marschieren wir über Stock und Stein.
Bis Uslar. Waren so an die zwölf Kilometer... Ach Jiggy, Onkel Pauls Geschenk ist die einzige Brücke zur
schönsten Zeit meines bisherigen Lebens."

„Tja..." Jig wußte, Tom hatte sich verstohlen die Augen ausgewischt. Bei einem so peinigenden Rückblick
in die Jugend saßen die Tränen locker. „In Hamburg soll
es alles zu kaufen geben. Auf der Reeperbahn. Mein
Bruder mäkelt, seit er volljährig ist, dauernd an mir rum.
Zwecklos, ihn zu bitten, mir ein Paar zu besorgen. Ich
tüftele nämlich an einem Mechanismus, der den Schlüssel einbehält und erst nach gewisser Zeit frei gibt – bei-
spielsweise von einem Baum runterwirft. Ein Elektro-
magnet. Du kennst ja mein Faible für Elektronik. Die
Schaltung ließe sich mit Akkus und wenigen Bauteilen
unkompliziert realisieren."

„Jiggy, wenn du ein Mädchen kennenlernst, das du
richtig lieb hast – vergiß diese Jungenspinnereien! Damit vergraulst du dir jede Freundin. Gerade du mit einem überaus peinlichen Defizit an holder Weiblichkeit...
Du kannst dir das nicht leisten! Ich bin ja, wie man so
sagt, bereits unter der Haube."

Jig ergriff seine Lieblinge an den beiden Kettengliedern. Mild schüttelte er sie. „Hab' euch verziehen. Hört
auf, so beleidigt zu glitzern! Aber Strafe muß sein. Ihr
bleibt drei Tage in Haft. Ohne labendes Öl."

Das trennte Tom und ihn. Für ihn waren es mehr als

Jungenspinnereien. Es war ein roter Faden in seinem Leben. Er würde keine Frau darin zulassen, die das in Frage stellte. Damit würde sie einen wesentlichen Teil seiner Existenz in Frage stellen.

Deswegen auch hatte es mit Elli nichts werden können. „Hör auf, von Wäscheleinen zu labern. Um deinen Körper und so. Ich bin keine Segelfrau. Ich mag nicht mit Stricken und Leinen und so was hantieren."

In der Nacht, da er neben ihr gelegen hatte, oben im Wald über dem Hexenteich, einer warmen Sommernacht mit Mond und allen abgehobenen Zutaten frei nach Eichendorffs Taugenichts, war es mit der Eroberung des Weiblichen nichts geworden. Schließlich hatte er sie nach Hause bringen müssen, wortlos, nicht verzweifelt, aber um eine Enttäuschung reicher. Mondschein spiegelte sich platinfarben auf ihrer Hose. Er war hinter ihr her getrottet, hatte diesen Lederarsch plastischer als sonst gesehen, hätte ihn am liebsten umarmt und an die Wange gedrückt. In völliger Verwirrung der Gefühle. Denn einen Moment lang hatte er geglaubt, es sei Toms Hinterteil gewesen. Tom, der zum vierzehnten Geburtstag eine kurze Lederhose aus Glattleder bekommen und sogar die Glückwünsche der Mitschüler in Form von Klapsen auf den verführerisch glänzenden Po geduldet hatte, wieder als unbestrittener Leithammel unter den Jungs seiner Klasse.

Auch er war bei Leder am Körper geblieben, trug im Haus die kurze Hose aus grünem Nappa, die Tom ihm als ausgebuffter Geselle angefertigt hatte. Die im selben Monat gekaufte mausgraue aus Spaltleder war bei des Lederbengels Qualitätskontrolle durchgerasselt. Jig hatte sie für die obligatorisch eingetauschten Ostmark erworben, dies anläßlich eines Besuchs von *Mutter Courage* im Deutschen Theater von Berlin, Hauptstadt der DDR.

„Heh, sieh mal das Etikett – VEB Trachtenzentrum Naumburg! Minderwertiges Material, an der Maschine runtergerattert", tadelte Tom. „Meine ist überwiegend handgenäht. Nur Lederstücke vom Feinsten, überall in gleicher Stärke. Mit Blick auf deinen Body, wie was an dir dran ist und so. In dem Höschen wirst du dich auch an miesen Tagen gut aufgehoben fühlen."

Die robuste Glattlederne zeigte die deutsche Flagge in Schwarz-Rot-Gold auf dem Messertäschchen. Forsch wie seinerzeit die Embleme von Max und Moritz.

Seine Wirtin stammte aus der Provinz Córdoba. Die lebenslustige Witwe hatte was für ihn übrig. Ihre Blicke hingen wohlgefällig an der knappen Lederhose und seinen nackten Schenkeln, wenn sie die Post brachte. Vielleicht erinnerte er sie an ihren Ehemann aus Lübeck.

Auf dem Fliesenboden nahm eine Schabe vor seinen schwitzigen Füßen Reißaus, sprintete über einen Brief, der vom Tisch hinunter geweht worden war. Luftpost aus Amerika. Mit gestempeltem Absender: Naval Air Station, Jacksonville, Florida. Erstaunt hob er den blaurot geränderten Umschlag auf und öffnete ihn.

„Hi, Jiggy! Du wirst längst erraten haben, wen ich überstürzt in meiner üblichen Unüberlegtheit geehelicht hatte. Um es kurz zu machen – Elli und ich, wir haben uns getrennt. Tut mir leid für Söhnchen Tom. Wie für meine Eltern, bei denen Elli einstweilen wohnen bleiben kann. Gerda, die ja eine waschechte Deern von der Waterkant ist, hat unser Gründerzeithaus in Norddeich zu gutem Preis an die Bundeswehr verkaufen können. Meine Großeltern waren ja schon vor Jahren verstorben. So werden Alfred und sie künftig bestens über die Runden kommen, materiell. Und geistig sowieso – gut behütet in der Freundschaft zu Deinen Eltern.

Onkel Paul hat mich als Handwerker in die US Navy vermittelt. Ich fertige speziellen Lederkram an und werde fürstlich entlohnt. Mädchen sind reichlich zu haben. Also, daß ich einsam bin, könnte ich nicht sagen. Dabei höre ich Deine Frage wegen längerer Beziehung, so im Sinne einer Deiner Lieblingsvokabeln: dauerhaft! Na ja, gebranntes Kind scheut das Feuer.

Mann, Jiggy, die suchen händeringend Übersetzer für Spanisch! Himmel, Arsch und Zwirn – warum willst Du nicht auch herüberkommen? Du mit Diplom, Dich nehmen sie mit Handkuß. Du könntest mich gleich begleiten. Denn nächste Woche werde ich zum Stützpunkt auf Kuba geflogen. Plus einer Kiste Leder, Garn und meiner Singer Nähmaschine. Schätze, sie haben da ein Camp für Spezialausbildung. Anfertigen soll ich Riemenkram. Lederne Zwangsjacken in verschiedenen Größen. Mit Kapuzen dran, die voll übers Gesicht gezogen werden können. Und anderes Zeug zum Einschüchtern. Für die Jacken fehlen mir Schnittmuster. Aber Alfred brachte mir bei, wie man am Körper Maß nimmt. Da ich das bei Hosen hinkriege, wird es bei Jacken auch klappen. Schließlich ist das ganze Leben Jacke wie Hose...“

Jig lehnte sich mit einem sonderbaren Gefühl im Magen zurück. Zeug zum Einschüchtern... Das ewige Spiel, andere gefügig zu kriegen. Immerhin war jetzt geklärt, wieso Alfred beim Telefonat vergangene Woche gefragt hatte: „Warum treibt es euch junge Leute so weit fort?“ Tom würde seinen Weg machen. Sein Werkstoff war unerschöpflich, und er beherrschte sein Fach. Tom würde sich ebensogut von den Japanern anheuern lassen, wo man eine Frau zum Verschnüren lieb haben durfte. Der Lederbengel würde mit einem altmodischen Spruch auf den Lippen einer Liaison zustimmen: „Ich bin so frei!“

Daß die Freundschaft zu Tom wie in Transformatorwicklungen eine seltsam innige Beziehung ihrer Eltern induziert hatte, war zum Weinen schön. Beim letzten Besuch in der Heimat hatte er Gerda und seine Mutter plaudern und lachen sehen wie Teenager. Alfred und sein Vater siezten sich offiziell, doch das war bloßes Getue. Lauschte man an der verschlossenen Tür ihren dionysischen Saufgelagen, ferkelten die beiden Satyrn wie Schmuddelkinder herum: „Ich glaube, Elge, dich muß ich mal übers Knie legen und dir mit der Wurzelbürste die Juwelen polieren." „Das versuche mal, Alfred! Dann reiße ich dir den Allerwertesten auf. Bis zum Genick!"

20

Beschwingt wie eines Malers erster Pinselstrich, sauste sein Bleistift nun über das bleiche Papier.

„Der von Zucht und männlichen Tugenden besessene Sportlehrer der Untertertia, der Kürschnermeister von der Trompeterstraße und der zwielichtige Erziehungsberechtigte in Gestalt des Vaters – zu dritt streckten sie die Zeigefinger aus: Jig Elge war zu wenig Junge! Die beschlossene Ertüchtigung sollte in belehrendem Gespräch im Haus des Kürschners beginnen. Der führte seit Jahren die Pfadfindergruppe der Residenzstadt. Für die körperlichen Exerzitien, samstags sowie sonntags in Wald und Wiese durchzuführen, gewann der Ledermeister seinen Sohn, einen Bengel mit reichlich Kraft in den Gliedern, um schonungslosen Schliff durchzusetzen. Die forcierte Teilnahme an der Unterweisung wurde dem wenig begeisterten Kandidaten mit dem beschönigenden Wort *Einladung* verbrämt. Sollte er dieser nicht folgen mögen, drohte man, das Taschengeld zu streichen.

Am geplanten ersten Samstag begrüßte Alfred den

145

Sohn des Dolmetschers. Er schob ihn die Treppe hinauf ins Zimmer seines Sohnes. Jig sah sich mit Plakaten von Muskelmännern in Trainingshosen konfrontiert. Einer steckte von Kopf bis Fuß in Ketten.

„Tom, du schläfst auf dem Boden! Deinem Freund überläßt du das Bett."

Der berüchtigte Raufbold aus Jigs Klasse, Spitzname *Lederbengel*, wartete mit verschränkten Armen und unbewegter Miene, bis Alfred die Tür von außen geschlossen hatte. „Heh, Elge, ich mag dich nicht. Und bilde dir keine Schwachheiten ein – mein Freund wirst du nie!"

Jig warf die Kriegserklärung zurück. „Ich habe dich noch nie gemocht, Lederbübchen. Und werde dich nie mögen. Auf Freundschaft mit Kraftmeiern pfeife ich."

Nachdem die Präambel das Mißbehagen ins Gleichgewicht gerückt hatte, übernahm der zum Ausbilder bestellte Schulkamerad das Sagen. Mit geballten Fäusten dastehend, befahl er Jig, die zerschlissene Kordhose auszuziehen und eine von seinen Ledernen anzulegen.

„Wird's bald? Oder muß ich nachhelfen? Wenn ich mich schon mit dir Blödmann zeigen muß, dann keinesfalls mit deinen Clownshöschen!"

Dermaßen jäh des zu seiner Persönlichkeit gehörigen Manchesterstoffs entledigt, taumelte Jig die Treppe wieder runter, beschleunigt von einem derben Kniestüber in das gewaltsam mit Rindsleder überzogene Hinterteil.

Am Kaffeetisch wurde er von Toms Eltern bei Sahnetorte und Kakao gewogen, gemessen und im Kreuzverhör durchleuchtet. Das quicke, helle Köpfchen verschaffte Jig Elge offenbar Punktvorteil gegenüber dem feindselig neben ihm sitzenden Jungen. Mit Tauglichkeitsstufe *Tadellos* wurde er in dessen Verwahrung gegeben. Zur Erprobung körperlicher Belastbarkeit.

Bevor sie in den Wald aufbrachen, fuchtelte Tom gekünstelt auffällig mit seinen Handschellen herum. Jig begriff, der Bursche stecke sie nicht in die Hosentasche, um sie den lieben Nachmittag lang spazieren zu tragen. Noch konnte er den Wochenendbesuch unter dem Vorwand von Unpäßlichkeit, etwa wegen Migräne, abbrechen. Doch irgendwie lockte diese seinen Geist berauschende Feuerprobe, bei fremden Leuten zu nächtigen. Er entschloß sich, durchzuhalten. Aus Geschichten und Romanen war ihm die Erkenntnis zuteil geworden, auch Einzelgänger hatten andere Menschen nötig. Mit Nähe zu anderen Jungs sah es mau aus. Tom war augenscheinlich nicht ganz bei Trost. Doch aus der Nähe gefiel ihm der Lederbengel zehnmal besser als in den Pausen auf dem Schulhof, wo er unbedingt im Mittelpunkt stehen wollte und sich immerzu eitel die Haare wie einen Entenschwanz nach hinten zurechtstrich.

Stumm marschierten sie durch den Wald zum Hexenteich, Tom selbstsicher fünf Schritte voraus, die Daumen auf dem Rücken in den Gürtel gehakt. Eine Handschelle lugte vorwitzig aus der Gesäßtasche. Die Warnung, klugerweise Abstand zu halten? Nein, eher die Aufforderung: *Zieh mich raus und warte drauf, was geschieht. Wir könnten uns ja über ein Spielchen näherkommen.* Dem hätte Jig zugestimmt, unter Vorbehalt der einvernehmlichen Art des Spiels. Aber wie sollte er Tom mit einem zutraulichen Lächeln versöhnlich stimmen? Sein Trainer schaute stur geradeaus, dahin stampfend wie ein junges Nilpferd.

Der Wald war Jigs zweites Zuhause. Niemand wußte, daß er ganze Nachmittage irgendwo im Dickicht verbrachte und an Hand- und Fußgelenken Schnurtricks übte. Im kunstfertigen Knüpfen von Schlingen hatte er einiges drauf. Leider kam es vor, daß Knoten in der Hanfschnur mit den Fingernägeln bei allem Bemühen nicht mehr aufzuknibbeln waren. Dann mußte sein Schweizer Messer ran. Ärgerliche Pannen, die das karge Taschengeld verschlangen. Paketschnur war teuer. Dünne, aber ebenso stabile Wäscheleine aus farbigem Plastik bot das Kaufhaus Schild in der Breiten Straße erstaunlich preiswert an. Auch damit konnte man schwer lösbare Knoten erzeugen. Doch Plastik stank, während Hanf herrlich duftete. Obwohl er an der Quelle saß, war des Kürschners Sohn der einzige in der Klasse, der keinen Tornister benutzte. Für die Bleistifte und anderen Kleinkram hatte er einen Lederbeutel. Die Schulbücher schnallte er mit Riemen zusammen und hing sie lässig an den Gürtel. So ein Lederriemen wäre für Spielchen das Steilste. Leider unerreichbar. Tom gab nicht ein Stückchen davon her. Weder für Geld noch für gute Worte.

Jig, der sich die Schuhe ausgezogen hatte, ging hinter einer dickleibigen Buche in Deckung. Er kauerte sich hin und robbte geräuschlos über den moosigen Boden ein Stück seitwärts ins Gebüsch. Dort hatte er den Lederbengel im Visier, ohne daß der ihn entdecken würde. Wie Jig angenommen hatte, blieb Tom irritiert stehen und drehte sich um, nachdem sein Schutzbefohlener nicht mehr zu hören war. Er öffnete den Mund, rief jedoch nicht nach ihm. Seine Miene verdüsterte sich ratlos. Nach einer Weile schüttelte er den Kopf und setzte den Weg fort, zwar weiter in Richtung des Teiches, aber irgendwie ziellos aus dem Takt geraten. Noch etwas fiel Jig auf. Tom wischte sich im Gehen über Augen und Gesicht. Den Festnahmekram stopfte er ganz in die hintere Tasche und zog den Reißverschluß zu.

„Kombiniere", wisperte Jig, sein detektivisches Vorbild Nick Knatterton nachahmend, „den habe ich gründlich verbiestert."

Nun erwog er, den Nachmittag allein zu verbringen

und dessenungeachtet zum Abendessen in Toms Elternhaus zu erscheinen. Dummerweise hatte er keine Schnur mit, um sich die Zeit zu vertreiben. Auch mußte er sich eingestehen, daß der Unfreund auf ihn wie ein Magnet wirkte. Also schlich er mutig hinunter zum Teich. Tom saß im Schneidersitz da, riß Schachtelhalme aus, die er in ihre Bestandteile zerrupfte.

Jig pirschte sich unhörbar an. Eigentlich hätte er versuchen können, den stärkeren Jungen mit einem Würgegriff zu überwältigen. Es erschien ihm zu kühn, konnte es doch gefährlich auf ihn zurückschlagen. Statt dessen räusperte er sich unsinnig laut.

Tom fuhr zusammen. „Mann, bist du fies", brummte er. „Erst abhauen und mich dann erschrecken." Routiniert riß er den Befehl wieder eilends an sich. „Jetzt wird geschwommen!"

„Ja, Sir."

Am Morgen hatte es stark geregnet. Demzufolge war der Wasserspiegel angestiegen. Im Teich gab es tückische tiefe Stellen und verfilzte Schlingpflanzen. Nichtschwimmer wurden durch das verwitterte Holzschild am Zugang zum alten Steinbruch warnend aufgefordert, das Baden zu unterlassen. Jig hielt jubilierend den hocherhobenen Daumen vors Gesicht. Der Lederbengel ruderte prustend nahe am Ufer durchs dunkle Wasser. Wie eine kranke Ente. Dies war offenkundig nicht sein Element. Ohne grundlegend das Brustschwimmen zu erlernen, würde er eines Tages ertrinken.

Danach legten sie sich in die Wiese. Tom eröffnete das Verhör, indem er Jig mit ausgerupften Binsen bewarf, an denen noch Erdklumpen hingen.

„Was ziehst du denn für eine Fresse? Hast unglaublich Schiß vor mir, wie?"

„Nein, Sir." Jig war es nicht gewohnt, daß man ausriß, was im Boden nützlich war. „Kein Schiß."

„Oder...", Tom starrte Jig übellaunig an, „...sind Lederhosen dir feinem Pinkel zu gewöhnlich?"

„Mitnichten, Sir. Bin kein feiner Pinkel, Sir."

„Mann, deine Kordfetzen reißen beim Raufen wie Papier. Und wir werden raufen!"

„Fürchte ja, Sir!"

„Stell gefälligst den Sir ab! Oder ich stell' ihn ab."

„Okay, Ssss..."

Verkniffen musterte Tom den Wicht, den er gemäß dem Willen seines Vaters an diesem Wochenende zu ertragen hatte. Am liebsten würde er ihm auf der Stelle den Arsch versohlen. Am Hexenteich gab es keine Zeugen. In der Penne hatte er mit ihm noch nie gesprochen. Weil Elge zu sehr auf unscheinbar spielte, auf mimosenhaften Knaben. Jenseits dessen mochte das Urteil der Mitschüler stimmen, Jig habe es faustdick hinter den Ohren, eine Umschreibung für einen falschen Hund. Bei Schwarzhaarigen, behauptete sein Vater, müsse man in der Regel ein Quentchen Falschheit einrechnen. Solche widerlichen Eigenheiten würde er ihm gründlich austreiben... Tom ertappte sich dabei, wie er Jigs Gestalt fürs Verprügeln abschätzte. Seine Finger kribbelten. Es würde dem Burschen gar nichts nützen, daß er vom Scheitel bis zu den schmalen Füßen zum Anfassen hübsch war. Ha, und das freche Grinsen – das würde er ihm mit einer den Krieg beginnenden Backpfeife gefrieren lassen!

„Heh, Elge – warst du schon mal gefesselt?"

„Was –?"

„Ob dir mal jemand die Pfoten auf dem Rücken zusammengebunden hat?"

„Ähm... Nein. Ich weiß aus Büchern, wie einem dabei zumute ist, wenn man nichts mehr machen kann." Jig geriet in Eifer. „Kennst du *Die goldene Horde*? Da werden Gefangenen Hände und Füße fies auf dem Rükken aneinandergebunden. Es zwingt dazu, bäuchlings zu liegen. Wie ein stark gespannter Flitzebogen."

Tom wieherte vor Lachen, schlug einen Purzelbaum und streckte sich noch näher neben Jig aus. Er hatte es geahnt – ein blutleerer Poet! „Gar nichts weißt du! Du weißt es erst, wenn es an dir geschieht."

„Klar... Verstehe, was du meinst." Es hagelte größere Grasbüschel. Jig wischte sich gleichmütig Ameisen und Erde aus dem Gesicht.

„So? Das verstehst du? Wirklich?" Auffordernd reckte Tom seine muskulösen Arme.

Jig erschauerte ein klein wenig. Es kam ihm ungehörig vor, daß sie nach dem Schwimmen gänzlich nackt nebeneinander lagen. Das machte ihn noch wehrloser, als er sich ohnehin vorkam. Probeweise straffte er seinen rechten Arm so mannhaft er konnte. Muskeln drückten sich keine durch. Noch ungehöriger fand er Toms Bemerkung, die wie ein Pfeil zwischen seine Beine fuhr und schwirrend stecken blieb.

„Mann, mich laust der Affe! Du hast größere Murmeln als ich!"

Daraus schloß Jig, ein Posten in der Eignungsliste sei zu seinen Gunsten abgehakt. Sicherlich hatte Tom bereits andere Jungs in der Waldeinsamkeit trainiert. Die das Format ihrer Murmeln und daraus resultierende Beharrlichkeit überschätzt und dem Wochenendbesuch sowie den damit verbundenen Extras wie Schlagrahm und Torte vermutlich schleunigst entsagt hatten. Toms dünne Lederriemen ringelten sich im Gras, als nähmen sie Maß an seinen Gliedern. *Und wir werden raufen...!* Er sah voraus, daß sein Schicksal in Kürze besiegelt war. Selbst wenn er sich noch so wehrte, würde er schnell unten liegen. Der kräftige Junge würde ihn so grimmig zurichten, daß ihm Hören und Sehen verging. Es war nicht klug gewesen, die Flitzebogenfolter preiszugeben. Tom würde sie stracks anwenden und sich alle zehn Minuten erkundigen, ob er aufgebe. Um den ausgefüllten Bestellschein mit seiner Unterschrift beglaubigt zu kriegen. Die Einladung ins Haus des Kürschners war gewiß an einen Kaufvertrag gekoppelt. Mindestens für die kurze Hose, die ihm schon aufgedrängt worden war, einen Schulranzen aus Rindsleder, zehn Dosen Lederfett und wer weiß, für welchen Kram sonst, den er nicht benötigte.

Unhörbar seufzte Jig. Binden lassen würde er sich ja gern. Sonst wäre er Tom nicht in den Wald gefolgt. Natürlich verletzte es seine Selbstachtung, würde Tom ihn zwingen, sich zu strecken. Falls ihm keine Wahl blieb, könnte er später Toms Ehrgefühl, sich nie einem Schwächeren zu ergeben, durchlöchern. Indem er das ersehnte Spiel, sobald er es ausgiebig genossen hatte, mit Geduld und seinem berüchtigt unerträglichen Gequatsche aufdröselte. Schließlich besaß er ein beträchtliches Talent als Dreckschleuder.

Tom mußte es ja langweilig werden, ein Opfer bis zum Abendessen mit Kräutern zu bewerfen und dabei einer pausenlosen Wortdusche ausgesetzt zu sein. Der Anblick, daß einer sich da nach Herzenslust ausruhen durfte, würde in des Ledermeisters Sohn das brennende Verlangen hervorrufen, selbst machtlos dazuliegen, die Ohren mit Sauerampfer zugestöpselt und um die Augen einen seiner roten Kniestrümpfe gebunden. „Na, Tom Furchtlos? Seh' ich doch, wie du ohnmächtig starr und straff im Flitzebogen Muffensausen kriegst! Ich kann alles mit dir tun. Werd' dich das Fürchten lehren." Er, Jig, würde nicht nur Lederhose und Lederriemen, sondern auch die vielseitigen Handschellen in seinen Besitz bringen. Unwiderruflich verbrieft. Der Lederbengel müßte auf einem Blatt Waldrhabarber die Eigentumsübertragung mit Pisse bestätigen. Dieses praktische Verfahren, bei dem man Gefangene zum Unterzeichnen nicht loszubinden brauchte, kannte er aus dem Buch *Der Kampf der Tertia*. Die Hose aufknöpfen genügte. Jig grinste. Ha! Tom war nicht auf den Kopf gefallen, würde behaupten: „Ich kann jetzt nicht." „Warten wir ab, bis du kannst. Aber spute dich! Sonst kriegst du zwei Gallonen Teichwasser eingeflößt. Wäre Pech, 'ne Kröte mit runterzuschlucken. Gluck, gluck..."

Jig reckte sich wohlig. Mit echten Polizeifesseln in der Hosentasche würde er künftig in der Schule zwischen jenen Auserkorenen stehen, berufen, in der ganzen Meute den Ton anzugeben.

Tom hatte die Ellbogen aufgestützt und spielte nun auffällig mit den Handschellen, ratschte sie auf und zu. Dabei blickte er hinterhältig zu Boden.

Jig fand in die Realität zurück. „Äh – muß ich sofort in die Mangel? Dann ziehe ich mich an."

„Muß nicht sofort sein, Elge. Baden wir zuerst noch mal. Ist ja ein verdammt heißer Tag. Trotzdem wirst du zu frösteln beginnen, sobald ich dich 'ne Stunde untertauche. Im Würgegriff, versteht sich. Mann – so was Verruchtes wie dich hab' ich noch nicht erlebt! Jemand, der seine gesammelten Schlachtpläne dreist halblaut vor sich hin plappert! Das wirst du mir mehrfach büßen."

Auf einer Lichtung im Hochwald war es wenig später glimpflicher als befürchtet abgelaufen. Weil Jig plötzlich Spaß daran fand, sich mit allen Kräften zu wehren und Toms Bemühen, ihn zu überwältigen, solange wie möglich hinauszuziehen. Denn unerwartet tat Tom ihm nicht weh, jedenfalls nicht absichtlich. Es war erregend, immer fester gepackt und umschlungen zu werden und sich unvermeidlich dem Wohl und Wehe eines anderen Jungen ausliefern zu müssen. Der Lederbengel sparte nicht mit Anerkennung, als er ihn schließlich an Händen und Füßen bezwungen hatte. „Mann, so schwach, wie du aussiehst, bis du gar nicht. Und du verträgst was! Macht unheimlich Spaß mit dir."

Die Zeremonie, einen ewigen Bund zu schließen, die Tom überraschend mit roten Backen vorschlug, als Bäume und Sträucher bereits lange Schatten warfen, hatte Jig weniger gefallen. Tom hatte ihm die Dornen einer Brombeerranke tief in die Haut und dann in die eigene gerammt, um hernach ihre blutenden Arme aufeinanderzulegen. Befremdlich war, daß Tom dabei zu schluchzen begann, unhörbar, aber mit nassen Augen. Schließlich sagte er schniefend: „Nun bist du dran – freiwillig hab' ich mich noch niemals jemand hingegeben." Toms bildschöne marmorfarbene Arme zusammenzwingen? Puh! Jig zitterten die Knie. Um zu beweisen, daß er vom Fesseln was verstand, hatte er Toms Hände auf dem Rücken mit einem Riemen straff über Kreuz gelegt und mit einem zweiten am breiten Gürtel im Hosenbund festgezurrt. Konnte sein, daß Tom dabei wieder geheult hatte. Fügsam litt er es ohne Widerworte, derart durch den Wald und die Residenzstadt eskortiert zu werden, die Schuhe um den Hals gehängt. Als wäre er in nie gekannter, frisch gewonnener Demut stolz darauf, von seinem neuen Freund überwältigt worden zu sein.

An der Haustür liefen sie geradewegs dem Kürschner in die Arme. Der starrte verblüfft auf die Jungen. Jig erwartete, es würde Schimpf und Schelte setzen.

Doch Toms Vater legte nachdenklich den Finger auf den Mund. „Seid ihr mitten durch den Ort marschiert?"

„Ja, Sir!" bestätigte Jig.

„Also hat man dich genau *so* gesehen, Tom?"

„Schande, ja", knautschte Tom heraus.

Sein Vater schüttelte ungläubig den Kopf. „Also, ich hab' dich doch kaum je dazu bringen können, wenigstens mal im Wald barfuß zu laufen."

Tom erklärte: „Jiggy quasselte mich beinahe besinnungslos. Hat mir die Schuhe ausgezogen."

„Ach so? Er zieht dir die Schuhe aus! Und er darf dich sogar fesseln? Das alles läßt du dir gefallen?"

Tom zuckte die Achseln. „Gefallen lassen? Was kann ich machen, Pa!? Der Knabe verdreht einem die Glieder, daß es nur so knirscht. Hab' Jiggy grob verkannt."

Seltsam berührt verschwand der Kürschner in seiner Werkstatt. Trotzdem er fortwährend mit Jungs dieses Alters zu tun hatte, blieben sie ihm ein Rätsel. Vor wenigen Stunden hatten Tom und Jig sich lautstark versichert, sie würden sich unaufhörlich hassen. Nun verständigten sie sich mit verschämten Blicken, als hätten sie sich soeben verlobt. Unübersehbar waren zwei Außenseiter voneinander fasziniert. Für Beziehungen unter den Pfadfindern galt: Mit Speck fängt man Mäuse. Wer von den beiden würde auf Dauer wen einfangen?

Als müde Krieger waren die Jungen Seite an Seite in Toms Bett eingeschlafen. Durch Jigs Träume geisterte Tom. Der am Hexenteich außer der Lederhose nichts anhatte. Unvermittelt knöpfte er den Latz auf. An den Beinen rutschte sie langsam zu Boden. Jig schaute fasziniert auf den Körper seines neuen Gefährten, der in kleinerer Gestalt einem der athletischen Helden auf den farbigen Bildtafeln aus den Sagen des Klassischen Altertums entsprach. So hätte er auch gern aussehen mögen. Wenn er nicht oder nicht ganz so aussah, besaß er freilich die größeren Murmeln. Was Tom aufgrund seiner vielseitigen und umfassenderen Erfahrung mit unüberhörbarem Neid in der Stimme beglaubigt hatte.

Gleich überdeckte ein lebhafteres Bild diesen Traum. Er hatte dem schläfrigen Tom Hände, Füße und Knie gebunden, ihn über die Schulter geworfen, die Treppe hinuntergeschleppt und im finsteren Garten ins Zelt geschmissen. Dann hatte er mit dem Taschenmesser alle Leinen von den haltenden Pflöcken losgeschnitten, so daß Tom unter dem Segeltuch der zusammenstürzenden Zeltbahnen begraben wurde.

„Bitte hilf mir!" brüllte Tom. „Zieh mich raus! Sonst muß ich ersticken."

„Schenkst du mir Onkel Pauls Geschenk?"

„Ja."

„Auch deine neue Lederhose zur alten dazu?"

„Ja doch!"

„Krieg' ich sämtliche Lederriemen?"

„Ja, ja, ja!"

„Und... – Wirst du mir treu bleiben?"

„Was bleibt mir anderes übrig?"

„Eben! Nichts anderes bleibt. Dann geh' ich die Urkunde zum Besitzwechsel ausfertigen."

Er hatte den hilflosen Tom zetern lassen, war zurück ins Haus und die Treppe hinaufgeschlichen, breitbeinig die Füße in die Ecken der Stufen setzend, damit sie nicht knarrten, denn Toms Eltern hatten einen leichten Schlaf. Unter den Dachbalken ankommend, war er überhaupt nicht überrascht, Tom zu sehen, der sich hohnlachend in den Kissen räkelte: „Na, Jig? Ein Bammelanfall? Waren wir wie gewöhnlich Fluchtwege erkunden?"

„Reizender Jig!" säuselte Tom am nächsten Morgen, als sei er Eva-Lotta und spreche zu Kalle Blomquist. „In meinem Bett ham wa uns ja gut vertragen. Also, im Ferienlager bei die Pfadfinder, wir zwei beiden tagelang in 'nem lütten Zelt – wirste das auch hinkriegen?"

„Ja", hauchte Jig.

„Is nich überzeugend, dein Gemurmel", urteilte Tom. Da sprach ein hellwacher, mit beiden Beinen aufrecht im frühen Tag stehender Junge, der Wörter achtlos zerknüllende Handwerkersohn, geizend mit einzelnen Lettern, großzügig hingegen mit Verneinungen. „Ich meine, mal ernsthaft – wär' keine gute Idee nich, wenn du 'n Teddybären zwischen uns nich entbehren kannst."

Jig sah seinem Freund belustigt in die Augen. Schelmisch klemmte er den Zeigefinger zwischen die Zähne. Er grinste breit. „Du bist mein Teddy! Also benimm dich auch so. Falls du anfängst zu fummeln – ich denke, du weißt, was da in Frage kommt –, wirst du nachts mit den Händen auf dem Rücken schlafen. Klar, Mann?"

„Tönt schon aufregender", stöhnte Tom beruhigt.

Erst Jahre später wurde Jig bewußt, daß an jenem Tag, da er jede Stunde mit Tom doppelt und dreifach gespürt hatte, seine Knabenidee, Dichter zu werden, jenseits der eindringlichen Abenteuer mit dem Lederbengel verblaßt war. Mehr noch – in jener ersten Nacht in Toms Elternhaus, wo Tom und er sich vollkommen arglos aneinandergeschmiegt und sonst in keiner Weise berührt hatten, war seine Kindheit zu Ende und seine Unschuld den Bach runtergegangen."

Es klopfte an der Tür.

„¡Adelante!"

Seine Wirtin steckte den Kopf herein. „¡Teléfono! Su jefa, parece."

„¿A esta hora – tan tarde?"

Die Andalusierin lächelte. Sie zuckte die Achseln.

Seufzend schlug Jig das Heft zu. Selma, Gräfin von Guadalajara, würde ungeniert selbst um drei Uhr nachts anrufen, falls ihr etwas Wichtiges einfiel. „Ya voy."

Nachbemerkung

Zwei Charaktere erscheinen mit richtigem Namen. Selma starb 1975 an Magenkrebs. Paco wurde auf der Plaza Cibeles von einem Auto angefahren und fortan dem Innendienst zugeteilt. Er verfiel der Trunksucht und erlag bald einem Herzinfarkt.

Toms Gemüt verdüsterte sich für eine Weile, nachdem er dahintergekommen war, welchen Grad des Einschüchterns sein solide genähtes Zeug ermöglichte. Mit Verschwörungstheorien im Kopf verließ er die US-Army. Er mietete ein Häuschen am Reinhardswald, um sich in der idyllischen Landschaft neu auf seine Fähigkeiten zu besinnen. Nach der Begabtenprüfung studierte er Pädagogik in Göttingen. Als Volksschullehrer an ländlichen Schulen im Weserbergland und in der Lüneburger Heide blieb ihm der brutale Umschwung, in Klassen mit multikulturellen Schülern unterrichten zu müssen, weitgehend erspart.

Sohn Tom hatte wie sein Vater weder Bock auf lange Schulbildung noch auf große Städte. Er wanderte in die klimatisch angenehmeren USA aus, diente redlich den Pflichtpart beim Militär ab und abenteuerte hernach als Stuntman durch die MGM Studios. Ein Lotteriegewinn erlaubte ihm und seiner polynesischen Frau, sich nach der Midlife-Crisis auf Hawaii niederzulassen.

Robs Spur verlor sich nach der Jugendhaft. Seine Schwester Elli verliebte sich in einen Kanadier und wurde in Vancouver heimisch. Von Pitt weiß Elli, daß er die Fremdenlegion heil überstand. Er verzehrt seine französische Pension in Marseille.

Gerda, Alfred und das Ehepaar Elge blieben stets in enger Gemeinschaft verbunden. Wie so viele derer, die zwei Weltkriege durchlitten hatten, erreichten sie bei weitem nicht das ihnen von der Statistik in Aussicht gestellte Durchschnittsalter, hatten jedoch ein ungemein reiches und intensives Leben genossen.

Max und Moritz schlitterten in eine glühende Freundschaft mit Jig. Er freute sich neidlos an ihrer körperlichen und geistigen Überlegenheit, die sich auch im brillanten Schachspiel äußerte, bei dem sogar Sir Elge gelegentlich passen mußte. Elges Sohn, dem Vater und Mutter die Liebe zu Literatur und Kunst in die Wiege gelegt hatten, traf in puncto Belesenheit bei Max und Moritz auf zwei Ebenbürtige, mit denen es nie langweilig wurde.

Jahre nach dem Studium verliebte sich Jig gleichzeitig in die Méditerranée und in ein Mädchen. Die beiden gerieten auf einer Insel im Meer der Weisheit in die sanften Fänge der Hippiebewegung. Daraus resultierendes einfaches, künstlerisch und spirituell ausgerichtetes Leben haben sie auch später beibehalten.